FABULA

12

DELLO STESSO AUTORE:

A ciascuno il suo
Alfabeto pirandelliano
Il cavaliere e la morte
Il Consiglio d'Egitto
Porte aperte
Una storia semplice

Leonardo Sciascia

1912 + 1

ADELPHI EDIZIONI

Prima edizione: ottobre 1986
Quarta edizione: dicembre 1989

ISBN 88-459-0214-5

1912+1

– Andiamo?
– Andiamo pure.
. . . .
– Torniamo indietro?
– Torniamo pure.

ALDO PALAZZESCHI, *La passeggiata*

Non so se per tutto l'anno 1913: ma almeno una volta, dedicando un suo libro, D'Annunzio scrisse « 1912 + 1 »: per superstizione sua o della persona cui lo dedicava o di entrambi. Nel Settentrione d'Italia il 13 è considerato apportatore di sciagure come nel Meridione il 17: dissenso non placato ancora ma allora vivace al punto che gli uomini del Sud il 13 avevano eletto a portafortuna, ad amuleto: e lo ricordo d'oro, traforato dentro un cerchietto, ciondolare dal taschino del gilet sull'imponente pancia di ogni beato possidente. Optando per il Settentrione, da abruzzese che trionfalmente aveva passato la linea, voleva D'Annunzio dunque l'anno 1913 attraversarlo come ad occhi chiusi ed in fretta. E invece il 1913, nonostante il rovaio, che in Italia soffiava ancora, dei debiti che non riusciva a pagare, e che lo aveva portato all'esilio di Arcachon, era la sua buona annata: da aggiungervi piuttosto, per la fortuna di egual segno e crescente, le altre successive, fino all'avvento del fascismo. In quell'anno, l'esilio stesso gli si dorava di un successo che in Francia e nel mondo toccava il punto più alto. Durava già da una diecina d'anni, ma in quello – l'anno in cui si confermava e consacrava scrittore francese e in italiano lo si traduceva – era arrivato al massimo. Già otto anni prima, all'Oeuvre, assistendo alla rappresentazione della *Gioconda*, alla fine del primo atto era stato Léon Blum a dare il segnale del lungo applauso. Nell'intervallo, tra Blum e Renard corsero queste acri battute: « Avete l'aria di essere in collera » disse Blum; « Sì, a causa del vostro entusiasmo » rispose Renard. E credo che la mia avversione a D'Annunzio ieri, la mia insofferenza a rileggerlo oggi, trovino in questa battuta di Renard preminente ragione. Più di D'Annunzio, insopportabile il dannunzianesimo (oggi occulto); insopportabili i dannunziani: anche quelli che non l'hanno mai letto, che non lo leggeranno, che ne sanno quel tanto – della sua vita, del suo fascismo – che fa loro credere di esserne lontani. E per amore di verità, è da dire che l'entusiasmo del socialista Blum all'Oeuvre, in quel lontano 1905, può anche essere considerato un segno, cui tanti altri ne seguirono, delle imprevedibili negazioni del socialismo, dei socialismi, dei socialisti.

È facile immaginarlo, l'entusiasmo di Blum per il D'Annunzio francese, per il francese di D'Annunzio. E mi soffermo su Blum per rendere lata al possibile l'idea della fama di D'Annunzio in quegli anni, in quell'anno. E si poteva, in Italia, essere, da socialisti, contro la guerra in Libia: ma a pena di sentirsi come reprobi, come esclusi da una festa in cui allo sventolare delle bandiere e del piumaggio dei bersaglieri, al vibrare degli ottoni delle bande, allo splendore di tutti gli orpelli patriottici e risorgimentali, sovrastavano echeggianti *Le canzoni della gesta d'oltremare* che D'Annunzio mandava da Arcachon al « Corriere della Sera ». Generali e ammiragli, soldati e marinai caduti sul bagnasciuga di Libia, si offrivano al canto del poeta, il poeta offriva il suo canto alla « nazione eletta », agli italiani. Pascoli, il mite Pascoli, aveva dato il suo saluto augurale: « la grande proletaria si è mossa » – verso « la quarta sponda », verso la Libia, verso Tripoli. E forse si faceva una certa confusione fra Tripoli di Libia e Tripoli di Siria; confusione dovuta al fatto che, fino a quel momento, il nome Tripoli stava nella memoria degli italiani soltanto per la commovente storia d'amore che altro poeta, che non aveva fatto in tempo a cantare le gesta d'oltremare, aveva raccontato in versi tuttora, da quelli che hanno la mia età, indimenticati (e uno, chiamato dalla storia che qui ed ora voglio raccontare, insistentemente mi affiora: « Contessa, che è mai la vita? »): la storia dello strenuo amore di Jaufré Rudel, trovatore di Provenza, per Melisenda contessa di Tripoli. Di Tripoli di Siria. Da ciò forse la canzonetta, quasi un inno, quasi una marcia che si aggiungeva a quella reale, che vagheggiava Tripoli di Libia come « bel suol d'amore ». Amore di terra non più lontana, ormai: e di cui D'Annunzio assaporava aromi, annusava profumi, intravedeva sabbie e palmizi, aurore e tramonti. Il libro quarto delle *Laudi*: *Merope*, dieci canzoni; e una per Elena di Francia, duchessa d'Aosta, di cui l'anno dopo i fratelli Treves (esattamente il giovedì 16 ottobre 1913: data annunciata come memoranda) avrebbero pubblicato un lussuoso volume di *Viaggi in Africa*. La « dolce Francia », « un viso d'oro come il Fiordaliso », i viaggi in Africa (anche per portare i morti « alle materne tombe » e i feriti agli ospedali di Palermo): tutto andava, è il caso di dire, per verso, tutt'altro che per traverso, al D'Annunzio sontuosamente, tra donne e levrieri, esiliato ad Arcachon. Cantava, cantava: cantava « il selvaggio anelito, la gota che gronda, il lungo sforzo a testa bassa, i polsi tra le razze della rota, le spalle che sollevano la cassa e la portano, l'ordine del fuoco, la mira, il primo colpo nella massa nemica, il suolo raso, l'urlo roco delle strozze riarse ad ogni schiera abbattuta, l'allegro ardor del gioco; o Ameglio, e il ferro freddo... » (sono, si capisce, versi: ma li trascrivo come prosa per vieppiù restituirli all'insensatezza e all'atrocità, poiché la prosa non perdona). E a Palermo, dove il generale Giovanni Ameglio (finita la guerra e cominciata la guerriglia, nominato governatore della Cirenaica) era nato, ecco il « ferro freddo » celebrato dal poeta materializzarsi in un dono fastoso e festoso: una spada dalla lama geminata, d'argento e d'oro l'elsa modellata, in scene di battaglia, figure femminili ed emblemi, dallo scultore palermitano Mario Rutelli: quello delle naiadi alla fontana dell'Esedra. L'affollatissima elsa recava una scritta: « A – Giovanni Ameglio – la sua città natia – Palermo MCMXIII ».

In Cirenaica, la guerriglia pungeva. Tribunali di guerra assiduamente sedevano per giudicare i ribelli: e cioè per passarli ai plotoni d'esecuzione. Agli italiani ne arrivava qualche immagine: schizzi, fotografie. Con qual sentimento è stata allora guardata questa fotografia che ho sotto gli occhi, della fucilazione di un arabo tra le dune? Il plotone schierato su due file, l'ufficiale che sta per dare il segnale del fuoco, il condannato che sembra lontanissimo dal plotone, come sperduto tra l'ondulazione della duna. Agosto 1913. 1912 + 1.

Il 26 ottobre del 1913 si vota per il Parlamento del Regno: per la prima volta a suffragio universale, o quasi. Da 3.200.000 che erano stati i votanti nelle precedenti elezioni, si passa a 8.500.000. Un grande salto. E che sia – paura di sempre – un salto nel buio?

Non si capisce, diffusamente sui giornali e tra i benpensanti, perché mai l'astuto Giolitti il suffragio universale abbia voluto. Una sua *défaillance,* un suo errore.

La giornata elettorale trascorre, tutto sommato, in tranquillità: poche coltellate, poche bastonature, qualche rivoltellata. A Parma, viene arrestato Filippo Corridoni, sindacalista agitato e agitatore: ma quelli della mia età ne hanno l'immagine, dal fascismo diffusa nelle aule scolastiche, di uomo d'ordine: serena espressione, ben pettinato, colletto inamidato, cravatta. Prese il suo nome – Corridonia – il paese che gli aveva dato i natali, Pausula in provincia di Macerata.

Ma Giolitti aveva visto giusto: la grande paura che i 5.300.000 nuovi votanti si volgessero al Partito Socialista, non aveva ragion d'essere. I socialisti passano da 58 a 78 deputati. Tutta la sinistra – nominalmente sinistra – ne ha 165. La maggioranza – del vecchio Giolitti che diceva di essere stanco e aspirava al riposo – conta invece su 348. Soltanto a Bologna si può parlare di un successo « insperato » dei socialisti. Sul « Carlino », Bergeret (Marroni) se ne consola scrivendo: « L'esperienza insegna che, quando le monarchie hanno bisogno di buoni ministri di polizia, di quelli che volentieri fanno sparare sul popolo, li trovano sempre, purché li cerchino tra quegli avvocati che entrarono in Parlamento con le insegne della rivoluzione. Tra dieci anni... ». Profezia da intendere ben oltre il limite dei dieci anni, entro i quali peraltro puntualmente si avverò.

Ma cosa accadeva in Italia ad impedire che si avverassero le desolate previsioni di una travolgente avanzata dei socialisti grazie al suffragio universale? Accadeva che sulla secreta (da secrezione) e segreta saggezza degli italiani – approssimativamente condensabile nel proverbio di ancor vivo magistero che il vecchio già provato è sempre meglio del nuovo da provare – un gentiluomo di provincia, avvocato penalista che d'agricoltura e di caccia si dilettava, cameriere segreto di Sua Santità (con esercizio), messo a capo di una Unione Elettorale Cattolica, aveva escogitato un patto articolato in sette punti che, agli uomini politici di moderata politica che lo accettavano, assicurava l'appoggio elettorale dei cattolici. Pare lo accettassero 330 candidati al Parlamento; e pare ne uscissero eletti ben 228, che è un bel numero. Il patto Gentiloni: del conte Vincenzo Ottorino Gentiloni, nato a Filottrano, nella marca d'Ancona, nel 1865; e aveva dunque, nel 1913, quarantotto anni ben portati, a giudicare dai ritratti, ben goduti si direbbe anche: ma moriva tre anni dopo l'eclatante successo del patto.

Prima del trionfo, nulla si sapeva del conte Gentiloni: il suo cognome faceva come da cognome al patto. Ma appena conosciuto l'esito elettorale, tutti a chiedere chi fosse l'accorto e misterioso tessitore di quell'accordo. E innanzi tutto: qual è il suo nome di battesimo? Lo domandano all'« Illustrazione Italiana » delle « gentili lettrici »; e se persino le « gentili lettrici » avevano curiosità riguardo al conte, si può arguire di qual curiosità l'Italia intera ribollisse. L'« Illustrazione », dopo alacri ricerche, risponde che Gentiloni si chiama Ottorino, ignorando il primo nome o tacendolo per il gusto di impennarsi a considerare che Ottorino è diminutivo di Ottone, che Ottone era il nome di Bismarck e che Gentiloni era stato, nella vicenda elettorale appena conclusa, « una specie di Bismarck »: più piccolo, si capisce, e in cose più piccole: ma di innegabile abilità. Vincenzo, Ottorino: viene da ricordare quella battuta di Antonio Baldini su Aleardo Aleardi, che non Aleardo era stato battezzato, ma Gaetano: « sentimenti da vero Aleardo sono calati in versi da vero Gaetano, e sentimenti da vero Gaetano in versi da vero Aleardo ». Sicché il conte Gentiloni si comporta ad un certo punto da Vincenzo: concede intervista a un giornale. La stessa « Illustrazione » si rammarica, compiange, rimpiange: « il fascino del mistero è svanito; è stato rotto l'incanto! ». Ma preferendo il nome di Vincenzo a quello di Ottorino, io trovo che appunto comportandosi da Vincenzo, rivelando quel che c'era da rivelare, Gentiloni veniva a coronare la sua opera. Non aveva fondato, come agli italiani piaceva credere, una più oscura, più seria e più potente massoneria: aveva fondato la politica dei cattolici italiani: che parzialmente, appunto e soltanto parzialmente, prenderà poi nome di partito. Il Popolare di don Luigi Sturzo, la Democrazia Cristiana di De Gasperi, di Fanfani, di Moro. Dico parzialmente perché il resto si intride e discioglie in tutto quel che in Italia è politica, nel non dire e nel fare della politica: con appena qualche residuo, qualche scaglia o cristallo di resistenza.

Mentre il patto Gentiloni trionfava, a Roma moriva il cardinale Mariano Rampolla del Tindaro. Segretario di Stato con Leone XIII, era nell'ordine delle cose che gli succedesse: ma quando, al primo scrutinio del conclave, sul suo nome conversero ventinove voti, il cardinale arcivescovo di Vienna si trovò costretto a manifestare il veto dell'imperatore d'Austria. Si poteva non tenerne conto: e infatti al successivo scrutinio Rampolla di voti ne ebbe trenta. Ma fu ribellione di poco momento: uscì poi eletto il cardinal Sarto, Pio X. Forse più del veto dell'imperatore, che riprovava la tenace amicizia alla Francia di Rampolla, fu il suo carattere inflessibile, la sua dura asserzione del « non expedit », a muovere il conclave ad altro esito. Non era più il tempo del « non expedit » (Panzini, *Dizionario moderno*: « frase latina che significa *non è spediente*, non è necessario, cioè è proibito. *Non expedit* è propriamente la formula rituale della Cancelleria apostolica quando non si deve concedere alcuna cosa richiesta. Nel linguaggio della politica questo *non expedit* significò sino al presente tempo il divieto posto in Italia ai cattolici ed ai buoni credenti di partecipare col voto alle elezioni politiche, giacché il partecipare veniva ad includere il riconoscimento dei fatti che condussero all'abolizione del potere temporale dei Pontefici »). Si apriva il lungo tempo – che arriva fino a noi, che è da credere andrà oltre la nostra vita – delle transazioni, delle conciliazioni, degli accordi: con più o meno clamorose celebrazioni. Il patto Gentiloni. I patti lateranensi. L'articolo 7 dei patti lateranensi votato dalla Costituente repubblicana. L'unità o solidarietà nazionale di ieri, con Moro immolato su quell'altare. A modo di apologo mi affiora il ricordo della sola volta che ho visto e ascoltato Giorgio La Pira. A Messina, alla grande mostra di Antonello, trentatré anni fa. Non a me, ai suoi vecchi amici Vann'Antò e Pugliatti, ai quali mi accompagnavo, La Pira raccontava del consiglio comunale di Firenze, del Parlamento, di quel che voleva, di quel che a volte riusciva ad ottenere. L'accordo. « Si deve essere d'accordo » ripeteva. Tutti d'accordo. Muoveva le piccole mani come a modellarlo materialmente, l'accordo: docile e dolcissimo impasto. Ne avevo un senso quasi di vertigine: e me ne ritraevo, come da una finestra aperta sul vuoto, guardando i quadri di Antonello, che non mi pareva d'accordo. Luminosi e freddi come diamante tutti; e quei ritratti che sogguardavano di scetticismo, d'ironia...

Il testo del patto Gentiloni è brevissimo e privo di toni imperiosi o solenni: sommesso, dimesso. Soltanto toccando del divorzio assume decisione e intransigenza: « assoluta opposizione al divorzio ». Un patto su cui si poteva *essere tutti d'accordo,* anche i più strenui sollecitatori del divorzio potendo comodamente rassegnarsi all'ammissione che per il divorzio gli italiani non erano ancora « maturi »: e col consenso di gran parte degli « immaturi ». Questa della « immaturità » degli italiani a fruire di certe libertà, e in definitiva della libertà, è amena e al tempo stesso penosa opinione, se dai vertici che la pronunciano scende a trovar largo consenso alla base. In treno, in autobus, nei circoli, nelle sale d'attesa, ogni conversazione sulle libertà, sulla libertà, trova suggello nella malinconica constatazione che « non siamo ancora maturi ». Ma c'è almeno la maturità di aver coscienza di essere immaturi: e se ne può anche imputridire.

Tra i sette punti del patto Gentiloni, quel che di essenziale emerge dal generico è questo: « opposizione ad ogni proposta di legge in odio alle congregazioni religiose e che comunque tenda a turbare la pace religiosa della nazione »; « che non siano fatte condizioni che intralcino e screditino l'opera dell'insegnamento privato »; « munire di forme giuridiche e di garanzie pratiche ed efficaci il diritto dei padri di famiglia di avere per i propri figli una seria istruzione religiosa nelle scuole pubbliche »; « resistere ad ogni tentativo di indebolire l'unità della famiglia, e quindi assoluta opposizione al divorzio ». Volizioni cui poi il governo fascista, coi patti lateranensi, ampiamente consentì; e senza dire dell'abbondanza con cui successivamente consentirono i governi della restaurata democrazia.

In cima ai pensieri del conte Gentiloni e dell'Unione Elettorale Cattolica, in cima alle preoccupazioni, c'era dunque la famiglia, l'unità della famiglia. Ed ecco un caso che si potrebbe dire da patto Gentiloni, per quel che vi si assomma, per quel che vi si nasconde, per quel che vi concorre a farmelo oggi vedere ambiguo ed esemplare, esemplarmente ambiguo, ambiguamente esemplare, esplodere a San Remo due settimane dopo le elezioni e mentre ancora i giornali son tutti intenti a computare l'incremento e lo scemare dei partiti, la consistenza della maggioranza e quella dell'opposizione; a biografare i nuovi eletti e a dare un fuggevole saluto ai non rieletti; e, sopratutto, a lodare l'intuito del conte Gentiloni, la concretezza e resistenza della sua trama politica: anche se la si sarebbe voluta più tenebrosa, più segreta, più misteriosa.

8 novembre 1913: la contessa Maria Tiepolo, moglie del capitano Carlo Ferruccio Oggioni, uc-

cide l'attendente del marito, il bersagliere Quintilio Polimanti.

La signora Maria Oggioni nata Tiepolo: ma nei giornali è subito la contessa Tiepolo. E dapprima vien data come discendente « dalla famiglia del celebre pittore Tiepolo »; ma non si tarda a dare preferenza ai dogi, « la famiglia dei dogi veneziani ». Cinquant'anni dopo Longanesi annota: « Non c'è comunista che sedendo accanto a un duca non senta brividi di piacere ». Si può immaginare quali brividi desse il poter scrivere e parlare della contessa Tiepolo invece che della signora Oggioni: col brivido complementare del sapere che aveva la contessa, di un sol colpo, spento la vita di un bersagliere. Il qual bersagliere, nativo di Monsampietro Morico nel Piceno, riceveva anche lui, nelle cronache, una qual certa nobilitazione: dal mestiere di falegname, che esercitava prima della chiamata alle armi, promosso a quello di ebanista. « *Ebanista* parrebbe dovesse lavorare non altro che l'ebano; ma in qualche parte d'Italia lo *stipettajo* che fa, di legni non comuni, lavori non ordinarii è detto *ebanista* » dice il Tommaseo. Frequentatore come sono stato nell'infanzia di falegnamerie, ché mi sarebbe piaciuto apprendervi il mestiere, in nessuna mi capitò mai di vedere un sol pezzo d'ebano: sicché quello che tra tutti i falegnami del paese era chiamato ebanista, e si voleva dire il più valente, mi pareva ci fosse arrivato come a titolo conseguito per prova, per esame, e facendogli lavorare un pezzo di quell'ebano di cui conoscevo che eran fatti certi preziosi bastoni. Per Quintilio Polimanti, titolo dunque guadagnato in morte. Ebanista. Ma più ne faceva uso la parte civile. Il bersagliere e l'attendente meglio consonavano al caso e facevano identità in luogo di quel nome un po' difficile da ricordare e saviniano *avant la lettre*. Quintilio Polimanti. E aveva un fratello Paride e uno zio Priamo.

Il fatto che lo avessero arruolato tra i bersaglieri, dice di una costituzione fisica robusta e agile, di un torace d'ampio e lungo respiro, di un'attitudine e resistenza alla corsa. I bersaglieri, a meno che non siano in libera uscita, debbono sempre andare a passo di corsa. E 'travolgere': per regolamento. Per gli spostamenti rapidi e le azioni travolgenti, il generale Alessandro Lamarmora creò il corpo: e forse fu pure sua l'idea di quel mazzo di penne iridescenti spioventi dal cappello. Penne di gallo, ad intenzione: ad aggiungere un tocco al gallismo italico.

Sguinzagliati i corrispondenti locali a raccoglier notizie sul Polimanti e famiglia, l'indomani dai giornali si apprendeva che il padre e lo zio stavano ancora a Monsampietro Morico, « commercianti in privative » (che credo volesse dir tabaccai); mentre Quintilio e il fratello Paride, sarto, si erano spostati a Fermo: e Quintilio vi era conosciuto più come ciclista che come ebanista. Simpatico, incline all'allegria: e destava sorpresa, in chi lo aveva conosciuto, l'apprendere che si fosse adattato « all'umile mansione di attendente ».

Attendente. Ma, con letterari ascendenti, ordinanza. Foscolo ci gioca: «ordina alla tua ordinanza...». E De Amicis, nella *Vita militare,* fa racconto della sua convivenza con due ordinanze: di giusti e contenuti e pudichi sentimenti, la prima; di nessun sentimento e di strambo servizio, la seconda: e la dice «originale». Ma era soltanto stupida: e non si capisce perché se la sia tenuta, ricevendone danno senza compenso di affezione.

In quanto alla definizione, la più esatta la dobbiamo al padre Alberto Guglielmotti e al suo *Vocabolario marino e militare* (di cui qualche voce D'Annunzio mirabilmente – davvero mirabilmente – mise in versi): «*Soldato o marinaro d'ordinanza* si chiamava non ha guari ciascuno di que' marinari o soldati che erano dispensati dal servizio comune di piazza o di bordo e solamente addetti al servigio particolare di alcun ufficiale». Tanto esatta da contenere la ragione per cui Quintilio Polimanti scelse di attendere a mansioni umili sì, ma che lo dispensavano dal faticoso servizio di piazza d'arme, per un bersagliere faticosissimo. Quei suoi concittadini che del ruolo di attendente del Polimanti si meravigliavano, forse non avevano fatto il servizio di leva o ne avevano un ricordo legato alla giovinezza, ormai decantato nel bello. Arrivato, come si diceva, al reggimento, e dopo un paio di giorni di esercitazioni, un giovane contadino o artigiano che avesse sufficiente accortezza e nessuna vocazione a marciare per ore, sotto sole o pioggia, con venti chili di zaino sulle spalle, e a rischiare prigione a pane ed acqua per ogni minima disattenzione, si candidava persino appassionatamente al ruolo di attendente. Tra coloro da cui in anni lontani, sulle aie e nelle botteghe, sentivo raccontare gli anni di vita militare (e di guerre), erano i più intelligenti quelli che avevano trovato un qualche riparo facendo gli attendenti. E qualcuno ricordava capricci e follie dell'ufficiale cui attendeva, della moglie, dei figli: ma con indulgenza, con affezione – e insomma alla De Amicis del racconto *L'ordinanza*, quella non « originale ». E più che l'ufficiale, era la moglie, erano i bambini, protagonisti di quelle evocazioni, di quei racconti: sempre spassosi; e a volte, riguardo alla moglie, di boccaccesco spasso.

« Meglio il porco che il soldato » si diceva proverbialmente: e si pensava sopratutto al rancio, alla nauseante pasta e fagioli nelle nauseanti gavette (poiché ciascuno doveva pulire la propria, tutto si riduceva al farvi scorrere un po' d'acqua: e da una leva all'altra le gavette passavano mai pulite a dovere). Un'ordinanza, invece, non rientrava in caserma che la sera: si sottraeva al rancio, agli orari delle sveglie e dei rientri. E aveva l'illusione, e a volte non soltanto l'illusione, della vita in famiglia, tra cure e sentimenti familiari. Andava a fare le spese quotidiane o vi accompagnava la signora; conduceva a scuola i bambini e andava a riprenderli; puliva l'argenteria. Se sarto di mestiere, gli si davano vestiti da aggiustare, da riadattare; se falegname o meccanico, qualcosa da metter su o da riparare non mancava; se contadino, c'era il giardinetto, c'era il pollaio: e quasi sempre c'erano, allora.

Il servizio di leva era allora molto più lungo di

oggi: ma Polimanti stava per essere congedato, ne aveva ancora per pochi giorni, pochissimi. E forse fu questo a far precipitare il dramma, quale che ne sia stato il movente: di difesa legittima dell'onore, secondo la contessa e i suoi difensori; di metter decisamente fine a un legame pericoloso – o altro più torbido e complicato movente – secondo l'opinione dei più. La contessa aveva subito detto « che l'ordinanza aveva tentato di penetrare nella sua camera da letto e di recarle violenza, ed essa, armatasi di rivoltella, aveva sparato contro di lui uccidendolo ». « Il Messaggero » del 9 novembre dice: « Pare che questa versione sia esatta » e titola il servizio: « Per difendere l'onore »; ma confida al lettore che la signora « è bellissima » e che il Polimanti « era un bel giovane, alto, capelli biondi e ricciuti »: dati sui quali il lettore poteva sciogliere il « pare » in diffidenza, dubbio – o in tutt'altra certezza. Dire agli italiani che tra una bella donna e un bell'uomo, per mesi sotto lo stesso tetto e spessissimo soli, in ordine agli istinti e ai sentimenti altro non è passato che un colpo di rivoltella, esploso dalla donna per difendersi dall'uomo, è una preterizione, una contraddizione in termini. Ed ecco infatti lo stesso giornale, qualche giorno dopo, registrare che l'opinione pubblica non si accontenta di quella versione che pareva esatta e che molti vedono nel fatto, e in altri che riguardano la contessa e che il giornale non vuole raccogliere, motivi passionali, di una relazione tra la contessa e l'ordinanza finita, non si sa ancora perché e come, tragicamente. « La verità si saprà solo dall'istruttoria ». Intanto, familiari ed amici raccontano che da circa tre anni la contessa soffriva di epilessia, e proprio qualche giorno prima ne aveva avuto un fortissimo attacco.

Comunque, mentre ancora la salma del Polimanti stava nella camera mortuaria della caserma dei bersaglieri, in attesa che arrivassero i parenti per il funerale, la contessa aveva nominato il suo difensore: l'avvocato Orazio Raimondo, socialista, eletto da qualche giorno deputato nel collegio di Oneglia e che ha già avuto modo di fluvialmente orare in Parlamento. Più che avvantaggiarsi, per battere il suo « moderato » avversario onorevole Marsaglia, della non ingente crescita del Partito Socialista, l'avvocato Raimondo era sortito eletto per buona memoria che restava in Oneglia di suo nonno, l'onorevole Biancheri che della Camera dei deputati era stato presidente. La contessa Tiepolo si poteva dunque considerare in buone mani: l'avvocato Raimondo aveva militanza socialista ed eredità liberale; e abbondante e vibrante parola, per come le cronache parlamentari già registravano. Che poi, otto mesi dopo, i giornali lo dicano « ex socialista ufficiale », vuol dire che aveva lasciato il partito ma certamente dichiarando che ne manteneva l'idea: caso non dissimile dei tanti che si son visti negli ultimi quarant'anni. Più di ogni altro partito, quello socialista offre la possibilità del dissenso, dell'uscita: nella presunzione – o nella retorica – di essere *più socialisti* di quanto il partito consenta, al momento. Ma non infrequente è il caso che il dichiararsi *più socialista* e l'uscire dal partito nasconda l'esserlo meno o il non esserlo più.

In poco più di una settimana, il caso Tiepolo scompare dai giornali. Ci sono altre cose che fanno notizia: il tango che arriva da Parigi; il *Parsifal* che si rappresenta alla Scala con un intervallo che permette di andare a cenare tranquillamente (e ne nasce dibattito tra quelli che accettano, in eccezione, la novità, e quelli che in nome della tradizione italica la respingono); e c'è la ricomparsa, a Firenze, della *Gioconda* di Leonardo che al Louvre era stata rubata due anni prima. Era scomparsa inspiegabilmente, misteriosamente: ricompare, per così dire, banalmente: l'aveva con estrema facilità presa un operaio italiano che voleva restituirla alla patria, ma non senza un qualche premio. Una delusione: si era pensato a un Rocambole, vien fuori un imbianchino già noto alla polizia francese, non si capisce se per un furto o una contravvenzione. Si trova così motivo di rimproverare la polizia francese: sapeva che l'imbianchino italiano era tra gli operai entrati al Louvre il giorno del furto, lo aveva anche interrogato; ma non si era data pena di confrontare le sue impronte digitali a quelle nitidamente rimaste sul vetro vedovato dal capolavoro di Leonardo, né di perquisire la stanzetta che l'imbianchino abitava e dove, sotto il letto, per due anni aveva nascosto, privandone migliaia di persone, il sorriso della Gioconda. Il qual sorriso José Ortega y Gasset si proverà a dissacrare e « La Voce del Padrone » a involgarire, eleggendo l'immagine della Gioconda a decorare le scatole delle puntine per dischi; senza dire dello scherzo alquanto infantile o del tutto cretino dei futuristi di far spiovere su quel sorriso foltissimi baffi. Ma forse dall'aver visto o rivisto a Firenze, dove religiosamente fu esposta, la Gioconda recuperata, venne ad Aldous Huxley l'idea di un più intelligente scherzo: quello del racconto appunto intitolato *Il sorriso della Gioconda* che a me invincibilmente, e forse ingiustamente, richiama la contessa Tiepolo. Somigliava al sorriso della Gioconda il sorriso della contessa Tiepolo?

Ma anche la Gioconda, la cui restituzione alla Francia segna il rinnovarsi del latino amore e, con quel che intorno vi si dice in Francia come in Italia, avvisa che la Triplice Alleanza è un po' meno concorde e lieta di quanto il marchese di San Giuliano vuol far credere; anche la Gioconda, dunque, svanisce nell'infuriare del tango. Sicché Marinetti, avversario del tango fin dall'anno prima, quando a Parigi ne era cominciata la diffusione, lancia una « lettera futurista circolare »: « Abbasso il Tango e *Parsifal*! ». Anche *Parsifal*: « fabbrica cooperativa di tristezza e di disperazioni ». E chi glielo va a dire, agli esumatori oggi di Parsifal?

Pare che D'Annunzio dicesse di Marinetti che era un cretino con qualche lampo d'imbecillità. E si può dire lampeggiante la lettera contro il tango e *Parsifal*: ma coi tempi che corrono, chi vuole se la tenga come lampeggiante di intelligenza, di genio. Oh le avanguardie! Più di 5000 (dicesi cinquemila) errori di stampa ci sono stati finora – dal 1922 – nell'*Ulisse* di Joyce: ma, tranquillamente dice il signor Richard Ellmann, curatore dell'edizione finalmente corretta, « poiché l'opera aveva fama di essere incomprensibile, gli errori non sono stati notati. Trovando una frase oscura, i lettori pensavano che la colpa fosse di Joyce... ». Non ho il testo originale della dichiarazione: possibile che il signor Ellmann abbia proprio detto « colpa »? Ma che colpa! Né di Joyce né del tipografo. E, se mai, « felix culpa ». Felice, fortunata; felicissima, fortunatissima.

Il 29 aprile del 1914 comincia, alla Corte d'Assise di Oneglia, il processo alla contessa. Molte più persone di quante l'aula possa contenerne, attendono: e debbono appagarsi, i più, soltanto del vedere la contessa arrivare in vettura chiusa e, velata, entrare nel palazzo di giustizia accompagnata da un tenente dei carabinieri. Soltanto in aula, dentro la gabbia, la contessa solleva il velo: « È bella, e deve essere stata bellissima: il volto pallido e delicato; i capelli di un castano chiaro, quasi biondo; gli occhi vividi e limpidi, lo sguardo profondo ». Gli spettatori ne sono colpiti, ma non commossi: quasi tutti sono lì per trovar conferma a quel che da sempre sanno: che la legge non è uguale per tutti, che non giusta è la giustizia. Quando arriva la madre del Polimanti gridando « dov'è mio figlio? », allora sì che un sussulto di commozione corre e arriva fino all'imputata, che dalla borsetta estrae fazzoletto e sali. Ormai scomparsi dalle borsette delle signore, i sali ne erano allora necessario corredo: in boccettine di cristallo sfaccettate e decorate, in anforette d'argento, erano misture di sali appunto, fortemente odorosi; e si credeva fosse rianimante l'annusarli. Ma forse, ad un certo punto, per quel che ci pare di ricordare, i sali furono soltanto etere solforica: in che si univa l'etere, l'etra dei poeti, allo zolfo; il cielo più puro alle infernali vene della terra. Quando cielo e terra ancora c'erano.

La mattinata trascorre su una prima mossa degli avvocati Rossi e Del Bello, di parte civile: chiedono che un perito dia responso sulla capacità di intendere e volere dell'imputata, a prevenire l'insorgere di un tal dubbio nella giuria. Credevano che l'arrivar prima della difesa a chiedere la perizia psichiatrica desse alla difesa disagio, ma l'avvocato Raimondo li disarmò: non aveva nulla in contrario a consentire alla richiesta, ma considerava la perizia, quale ne fosse l'esito, irrilevante: la sua linea era quella di sostenere la legittima difesa. Gli avvocati di parte civile ritirarono la richiesta: apparentemente, in questa loro prima mossa, sconfitti; ma in effetti avevano, forse senza mirarvi, ottenuto di conoscer subito la linea di difesa dell'avversario.

Nel pomeriggio, con voce piana, lenta, d'accento veneziano, la contessa racconta i fatti di quel giorno fatale: « In quella mattina mi sentivo poco bene, perché avevo trascorso quasi tutta la notte insonne. Verso le dieci udii suonare alla porta e andai ad aprire. Era l'attendente che accudiva alla stalla, non il Polimanti. Questi era fuori, perché era andato ad accompagnare a scuola i bambini. In lui mi imbattei più tardi, quando mi alzai per recarmi in cucina. Il Polimanti mi si avvicinò per abbracciarmi dicendomi che mi voleva bene. Lo respinsi, ritirandomi nella mia stanza, dove mi rinchiusi. Allora egli tentò di farsi aprire, battendo alla porta. Non risposi e mi gettai nuovamente sul letto; ma tosto venni nella risoluzione che bisognava finirla: rimanendo avrei fatto del male, e decisi di preparare le valigie e di partire subito. Di lì a poco l'attendente venne a bussare nuovamente alla porta, chiedendomi alcune istruzioni per la cucina. Non credendo che il Polimanti avrebbe cercato di riprendere l'assalto, aprii, e mi trovai così faccia a faccia con lui che, stringendomi fra le braccia, mi disse: "Devi esser mia, devi esser mia; è troppo tempo che lo voglio". Io resistetti a lungo, divincolandomi con tutte le mie forze. Vidi il Polimanti stancarsi della mia resistenza. Io ne approfittai per liberarmi dalla stretta, e riuscii a cacciarlo fuori dalla stanza. Poi impugnai la rivoltella, che trovavasi nel cassetto del canterano, e la puntai contro il Polimanti che continuava a parlarmi e dissi: "Se non ve ne andate, sparo". Egli, anziché intimorirsi, mi venne incontro a braccia aperte come per riprendermi e dicendo: "Io non ho paura". Allora feci scattare l'arma e il giovane, colpito alla faccia, dalla quale vidi sprizzare il sangue, cadde... ». Il cronista annota: « Così la signora Oggioni-Tiepolo è giunta alla fine del suo racconto quasi con freddezza liberandosi del turbamento del quale appariva in preda ». Gli ci voleva più acutezza e sensibilità di scrittura, a rendere il passaggio dal turbamento alla freddezza: il cronista ne è colpito soltanto perché sarebbe dovuto accadere il contrario, il turbamento in crescendo fino al pianto: quasi come per regola. Ne è tanto turbato, lui, da inconsciamente distaccare l'imputata e distaccarsene: « la signora Oggioni-Tiepolo ».

Tante sono le domande che il pubblico ministero e gli avvocati di parte civile avrebbero potuto estrarre da questo breve racconto: ma credono di aver già in mano altri, più evidenti e sufficienti, indizi da cui far scaturire la certezza di una relazione amorosa tra la contessa e l'ordinanza e la quasi certezza che la contessa il delitto lo avesse premeditato. E a dispiegare questi indizi, a contestarli all'imputata, sono impazienti di gettarsi. E vien subito fuori la storia del medaglione: che misteriosamente è sparito. Era un medaglione a cerchietto d'oro e a due vetri, di quelli che oggi soltanto si vedono pendere, da catenine, sul petto di qualche vedova o di qualche affranta madre, e che allora fidanzate e fidanzati era uso portassero con reciproca effigie: le fidanzate in esibizione, i fidanzati (e a maggior ragione gli amanti) sotto la camicia, quasi segreto (e a volte non lecito) talismano. A *double face*, quello del Polimanti chiudeva da un lato il ritratto della contessa, dall'altro una sua ciocca di capelli.

La contessa ammise di sapere dell'esistenza del medaglione. Gliel'aveva mostrato, proprio la sera prima, il Polimanti, cavandoselo non dal petto, ma dalla tasca dei pantaloni. La contessa se ne era stupita: « Come mai avete il mio ritratto? ». Già: come mai? È quel che vogliono sapere gli avvocati di parte civile, il pubblico ministero, il presidente, i giurati, gli spettatori del processo, i lettori che ne seguono la cronaca. E, per la verità, anch'io. Non era facile in quegli anni – e, in società particolarmente chiuse, fino a pochi anni addietro – avere la fotografia di una donna giovane senza che appunto lei la donasse: ci voleva, per averla, fidanzamento o stretta parentela; e, nella parentela stessa, un quasi definitivo allontanamento: a portarsela o lasciarla come ricordo, l'oceano ormai a separare (e la parola America come un rintocco di morte). Poteva averla rubata, il Polimanti. Ma più difficile era spiegare la ciocca di capelli: che allora si portavano lunghi, e raccolti in crocchia. D'incanto: a sentire, quand'ero giovane, i vecchi che quei capelli, l'intrecciarsi e annodarsi in crocchia, il disciogliersi, lodavano e rimpiangevano. Inarrivabili immagini della modestia e del pudore; e della sensualità. Così, a Cordova, nella pinacoteca che raccoglie l'opera di Julio Romero de Torres, pittore di cui forse in Italia c'è memoria solo nei ragguagli di Vittorio Pica, mi sono imbattuto in un quadro davvero incantevole: in lode dei capelli lunghi, della crocchia, sfuggente il volto che s'indovina bellissimo, una rosseggiante mela che come in offerta affiora da una mano. Intitolato *Viva el pelo*: e nell'anno in cui fu dipinto, 1928, chiaramente voleva segnar rifiuto della infuriante moda del taglio corto, della nuca rasa: quel taglio che mi pare si dicesse alla maschietta.

La ciocca dei capelli, ecco, non poteva che essere stata tagliata e donata da lei: ma la contessa si aggrappa a una spiegazione cui nessuno crede: che fosse del suo bambino, che aveva i capelli dello stesso colore dei suoi. Ma poteva il feticismo di un innamorato non corrisposto arrivare a questa specie di transfert? Sembrava impossibile, a gente che i trasporti amorosi, la passione, le omeopatie e allopatie dell'amore, le algofilie e i feticismi appunto, li conosceva non per sentito dire, come oggi dai sociologi, ma per sofferenza propria o per mimesi dell'altrui. E una cosa era certa, che si volesse ammettere o negare che tra la contessa e l'ordinanza ci fosse stato rapporto d'intimità: che l'ordinanza era preda di un'infatuazione amorosa di comuni sintomi e di vulgati rituali.

La contessa riconosceva di aver concesso al soldato più benevolenza e confidenza di quanto sia lecito ne corra tra la moglie di un ufficiale e un attendente, tra una padrona e un servo: poiché di fatto l'attendente altro non era (esiste ancora nell'esercito della Repubblica?) che un servo. Era stata, senz'altro, imprudente: un'imprudenza che era arrivata al punto, nei brevi periodi di lontananza, da scrivergli « pensami », « ti penso con forte affetto », « ti bacio »: ma l'imputata giustifica tali espressioni col fatto che, per desiderio del Polimanti, lettere e cartoline erano indirizzate a Dina Polimanti: e pareva dunque alla contessa che indirizzate a una donna – sorella dell'attendente, ma che lei non conosceva – potevano contenere di quelle espressioni. Giustificazione che potrebbe anche andare per i baci: ma non si capisce perché la sorella del Polimanti avrebbe dovuto pensare a lei ed esserne pensata. Ma quasi alle stesse date, altre ne riceveva direttamente il Polimanti in cui la signora, dice il cronista, lo trattava « correttamente »: e cioè nella forma, nel formalismo, che si sarebbe dovuto avere e osservare nel rapporto tra padrona e servo, anche nell'affezione che inevitabilmente, tra la buona padrona e la buona ordinanza, deamicisianamente ne nascesse. Ma su questo punto, che s'indovina duramente contestato dal pubblico ministero e dalla parte civile, il resoconto si fa oscuro: il cogliere la connessione tra l'uno e il due, tra l'apparenza e la verità effettuale – e come il gioco dell'apparenza desse peso a una tutt'altra verità – viene affidato alla perspicace attenzione del lettore.

Ci sarebbero stati di mezzo una guerra lunga e sanguinosa, un dopoguerra avido e frenetico, generatore di frenesie intellettuali e politiche di varia denominazione: ma nell'aula della Corte d'Assise d'Oneglia già vapora e aleggia *L'amante di Lady Chatterley* di Lawrence, che a parare i colpi della censura inglese e di quella italiana vien fuori a Firenze, s'intende in lingua inglese, nel 1928: quasi privatamente. E bisogna dire che il bersagliere Polimanti sarebbe stato più persuasivo, ad incarnare (com'è propriamente il caso di dire) la nativa, immediata e felice sessualità che Lawrence intende opporre alle adulterazioni e sofisticazioni e delibazioni intellettuali, di quanto persuada il guardacaccia Mellors, che risulta fortemente sospetto di intellettualismo. In effetti, già D'Annunzio andava, per così dire, alla Mellors: ma lo si è saputo dopo, dalle sue lettere. E questo riferimento basta, come proverbialmente si dice, a far cascare l'asino: l'asino di Lawrence. Che non vuole essere immagine irrispettosa, considerando che in natura forse non ci sono foie più clamorose di quelle asinine.

Qualcosa alla D'Annunzio (delle lettere finora pubblicate in tiratura limitata e fuori commercio) è nella minuta di una lettera rinvenuta tra le cose di Polimanti: vi si parla, dicono pudicamente i resoconti, di « istanti goduti ». Diretta alla donna che di quegli istanti di godimento era stata partecipe, non se ne fa però il nome. La contessa decisamente respinge che vi si possa apporre il suo e fa quello di una signora Letizia, cui l'attendente, dice, « non platonicamente » attendeva. Ma non sa dire altro, su questa signora: il che, a volerne ammettere l'esistenza, vuol dire che non era un fatto di cui lei si fosse accorta, ma una confidenza del Polimanti, alquanto eccessiva, alquanto trasmodante; e dice di un rapporto comunque « non corretto » – per come magistrati, avvocati e cronisti si esprimono – tra l'imputata e il defunto. E c'è da osservare quanta pruderie corra nel dibattimento a non chiamare le cose col loro nome: al punto che le donne non sono mai donne, ma « il sesso gentile ». « Il Polimanti era amante del sesso gentile? » domanda il pubblico ministero. E la contessa risponde: « Vedevo che corteggiava molte ragazze ». Ma di quella che nella minuta chiama « dolce creatura » non si viene a capo.

Alla seconda giornata del processo, il cronista si lascia andare: « Guardando l'accusata dal banco della stampa, mentre ha la faccia rivolta al procuratore generale, si direbbe che essa ha due anime o due diverse nature a seconda che la si osservi di profilo o drittamente a volto pieno. Quando la osservate di sbieco, non avvertite che il tono della sua voce modulata sulla carezzevole cantilena del dialetto veneziano; e all'impressione che ne ricevete, qualche cosa aggiunge il purissimo profilo del suo volto diafano: la direste allora una madonna degna di esser ritratta da uno di quei grandi che a Venezia lasciarono mirabili documenti della loro arte immortale. Ma quando, ad una ingegnosa contestazione della parte civile, essa, dopo un attimo quasi impercettibile di raccoglimento, volge il bel volto e dall'effigie purissima i suoi occhi glauchi e ardenti balenano lampi, e le sue risposte appaiono meditate, pronte, dirette, voi sentite che l'anima di questa donna non è così semplice come a prima vista potrebbe sembrare. Soprattutto sentite che un uomo di vent'anni, sano, dolce, incline agli amorosi trasporti com'era il Polimanti, condannato a viverle accanto dalla mattina alla sera, a ricevere i suoi ordini, ad obbedire ai suoi cenni, a vederla in vestaglia, in costume da bagno, e quando mangiava in casa, e quando passava ammirata sotto le palme e gli aranceti di San Remo e il vento le agitava intorno al bel volto armonioso il velo ed i capelli biondi, deve essersi sentito irresistibilmente attratto a rompere ogni consegna e a dire alla sua padrona che le voleva bene ». Del resto, « travolgere » era la parola d'ordine dei bersaglieri. E poi, come resistere nel vederla « quando mangiava in casa »?

Ma a parte il mangiare, come elemento di attrazione erotica piuttosto peregrino ed inedito (a meno che, come in Casanova, non si tratti di succiare ostriche o, come più comunemente in altri, di morder pomi), c'è in questo « improvviso » del cronista il taglio e l'eco di certi momenti dannunziani: di quando D'Annunzio dalla « cosa vista » – ma sempre come in apparizione e rivelazione – trascorre ai richiami di letteratura e d'arte, alle somiglianze, alle analogie; e dislaga infine sul tutto sensualissima luce. Quasi uno schema: e sopratutto lo si riconosce nelle pagine diaristiche o di cronaca. Ma il cronista lo ripete con penna meno esatta e sontuosa (poiché D'Annunzio sapeva essere esatto, quando non era soltanto sontuoso). Tant'è che D'Annunzio era nell'aria come mai, credo, in Italia nessun altro scrittore.

L'iniziale volo del cronista subito però si abbatte sulle aspre rivelazioni e contestazioni degli avvocati di parte civile e del pubblico ministero. Di quella minuta di una lettera che il giorno prima non si sapeva a chi fosse destinata la bella copia, e la contessa aveva avanzato l'ipotesi di quella signora Letizia « non platonicamente » amata dal Polimanti, ecco appunto la bella copia materializzarsi di tra le pieghe dell'istruttoria (che pieghe doveva averne più di una): inequivocabilmente diretta a lei, « cara Maria »; espunti, a quanto pare, gli « istanti goduti » di cui si diceva nella minuta, ma moltiplicate le espressioni amorose, moltiplicati i baci di cui la lettera era portatrice: come quella di una famosa poesia di Salvatore Di Giacomo, poeta cui allora molto dovevano – di stati d'animo, di « cristallizzazioni » – gli italiani dell'estrazione di Polimanti: quasi un *De l'amour* spiegato al popolo. Era nell'aria anche Di Giacomo: ma in un più basso spirare. Ci vorrà del tempo (ma non molto) perché ci si accorga che è uno dei più grandi poeti d'amore che l'Italia abbia mai avuto: d'una sottigliezza e d'un incanto che davvero lo si può leggere come una rappresentazione e modulazione del *De l'amour* di Stendhal.

Il venir fuori della lettera, la difesa ironicamente definisce « un miracolo »: insinuando non si capisce bene che dubbio, forse di un tardivo e destro inserimento di essa nell'incarto processuale. L'insinuazione provoca la parte civile ad una grave affermazione: « Non lamentatevi » – dice l'avvocato Rossi rivolgendosi agli avvocati della difesa – « poiché mai, come in questo processo, si è vista l'autorità giudiziaria sottomessa all'autorità militare ». Affermazione cui reagisce soltanto l'imputata dicendo: « Questo è troppo »; ma che non reagisca il presidente, può significare che la freccia era andata al bersaglio. Non per nulla, evidentemente, il generale Carpi, comandante la brigata di Genova, si era precipitato a San Remo all'indomani del delitto. E lamenta sopratutto, la parte civile, che sia stata subito accettata per buona la dichiarazione dell'autorità militare che nulla che interessasse il caso era stato rinvenuto tra le robe del Polimanti. Ma la minuta della lettera: era stata anch'essa trovata tra le cose che il Polimanti si portava in tasca? In quanto alle lettere e cartoline scritte dalla signora all'attendente, è chiaro che erano state rese al processo dai familiari. E qui bisogna considerare il momento di particolare affezione e prestigio di cui stava godendo l'esercito: dalla sfortunata guerra con l'Etiopia, nel 1896, ritrovata un po' di gloria nelle « gesta d'oltremare » che gazzette, canzonette e poesie celebravano e amplificavano. Se ne poteva intaccare il prestigio colpendo nell'onore un ufficiale, per di più addetto di Stato Maggiore? Che un bersagliere fosse stato preda di un travolgente amore, passi: si sa come sono i bersaglieri: che in tutto, anche nei sentimenti, vanno alla bersagliera. Ma che la moglie di un capitano vi avesse corrisposto, non era da ammettere, bisognava comunque fugarne anche il sospetto. Impresa estremamente difficile: e non si capiva che al prestigio dell'esercito, e del corpo dei bersaglieri in particolare, nel sentimento dei più, meglio giovava la figura del Polimanti, che col suo travolgente amore aveva travolto la moglie del capitano, che non la figura del capitano col suo onore intatto.

Non c'è nulla, in un processo penale, che rechi incertezza, semini dubbio, crei confusione quanto le perizie. « Ognun sa che la perizia è segnatamente invocata a giudicare in modo autorevole »: ma ognuno sa pure che all'invocazione, all'istanza, alla domanda e alle domande che in un processo si rivolgono ai periti, l'autorevolezza di un giudizio è sempre messa in forse dall'autorevolezza di un giudizio opposto. Quando in un processo si scontrano, con pari autorevolezza e nomea, il perito chiamato dal giudice, quello chiamato dalla difesa e quello chiamato dalla parte civile, la confusione è poi al colmo: e i giudici o accettano quella perizia più vicina al loro convincimento, che oggettivamente vale quanto le altre due, per il fatto stesso che le diverse risposte destituiscono di assolutezza la scienza, o debbono far tabula rasa di tutte, dimenticarle per affidarsi soltanto alla loro conoscenza del cuore umano e della legge.

Nel processo Tiepolo di periti ce n'era inizialmente uno solo, quello balistico: ma contraddicendosi e dando imprecise risposte, era come ce ne fossero almeno due di opposto giudizio. Il quesito principale riguardava la distanza da cui il colpo era stato sparato: e dopo un lungo dibattere si venne alla conclusione – quasi una transazione che accontentava tutti – che la distanza era stata di venticinque o trenta centimetri. Non a bruciapelo, insomma: il che, conferendo verità alla dichiarazione dell'imputata, sembrava alla difesa segnasse un punto di vantaggio. Ma così non era, se per un momento ci si prova a immaginare la scena: far partire un colpo da venticinque o trenta centimetri mirando alla faccia di un uomo che ci sta davanti a braccia aperte, dice di un momento di freddezza e di decisione ben più carico di dolo che un colpo sparato a bruciapelo, in colluttazione. E una domanda essenziale non fu rivolta all'imputata: se prima di allora avesse mai tirato di rivoltella. Il marito, che teneva l'arma nel cassetto del canterano e, stranamente, nella camera dei bambini, quando le disse che all'occorrenza poteva servirsene, certo sapeva che lei era in grado di maneggiarla e che sapesse togliere la sicura. Seconda questione controversa, quella della sicura: che nelle prime dichiarazioni l'imputata aveva detto di aver tolta prima di premere il grilletto, ma al processo rettificò: non sapeva niente della sicura, aveva soltanto fatto scattare il grilletto. Il perito era invece di parere avverso: l'arma non poteva essere che in sicura. Lo affermava sulla base che essendo la rivoltella ad otto colpi, e mancandone già uno prima che fosse esploso quello fatale, la sicura doveva esserci ed era necessario farla scattare. Non sapendo che tipo di arma fosse, e anche a saperlo non avendo voglia di farmi per mia parte perito, a quel perito lascio l'ultima parola.

L'aver fatto scattare la sicura, che l'imputata nelle prime dichiarazioni aveva ammesso e ora nega (ma forse anche la stilettata della parte civile: l'accusa all'autorità giudiziaria di aver sottostato a quella militare), fa scattare nel pubblico ministero un puntiglio, un accanimento, che strema l'imputata ed esaspera l'avvocato Raimondo. È vero che la contessa voleva che il Polimanti restasse a San Remo, una volta finita la ferma militare, e aveva promesso di trovargli un lavoro? La contessa « altamente » nega. Per quale ragione, se non per quella di non voler essere spettatrice dello scandalo, la fedele cameriera aveva lasciato la famiglia Oggioni? Ma non è una domanda, è un'affermazione: e non si capisce se per stanchezza, indignazione o sgomento la contessa non tenti di contraddirla. O la cameriera – incalza il pubblico ministero – è stata licenziata per essere stata una sera sorpresa a spiare, dal buco di una serratura, le effusioni tra la contessa e il Polimanti? E qui è il pubblico ministero che si mette da sé in contraddizione e mostra di non saper nulla di certo e di aver raccolto voci disparate riguardo alla dipartita della cameriera da casa Oggioni. E a questa seconda domanda, forse rassicurata dall'evidente annaspare dell'accusa, la contessa seccamente risponde che non c'era nulla da spiare, nulla da vedere dal buco della serratura (e da questo punto, come si vedrà, i buchi della serratura entrano – elemento comico in cui quasi regolarmente si rovesciano i fatti tragici – nel processo). E ancora: la contessa ha letto nel numero 47, primi di novembre 1913, de « La Nuova Antologia » il dramma *La donna senza pace*? Le era già stato domandato in istruttoria: no, non l'ha letto. E così via.

Il dramma pubblicato dalla « Nuova Antologia » era stata una lettera anonima a tirarlo dentro il processo. Benché le lettere anonime, a meno che non segnalino riscontri oggettivi, siano inammissibili in un processo, i giudici inclinano sempre ad affidarvisi: e così nel processo Tiepolo, in cui un anonimo che si firmava « un meridionale » aveva suggerito all'istruttore di cercare nel dramma il movente per cui la signora aveva ucciso l'attendente. La protagonista del dramma aveva ucciso l'amante perché le negava la restituzione delle lettere: e l'anonimo « meridionale » sospettava, era certo anzi, che negli stessi termini stesse la tragedia di San Remo. « Un meridionale »: e che altro? Ma tutto il mondo è, specialmente nel peggio, Meridione: e non solo i giudici prendono in serietà la segnalazione, ma le lettere sono, se non il movente assoluto della tragedia, una importante verità effettuale del caso, se è l'imputata stessa a dichiarare che temeva lettere e cartoline sue fossero viste dal marito: « sapendo di aver commesso quella leggerezza, temevo di perdere quella stima completa che mi ero assicurata da parte di mio marito in dodici anni di matrimonio ».

A sostenere la premeditazione, alla seconda giornata del processo si vede l'accusa oscillare tra il dramma « di autore inglese », e cioè la negata restituzione delle lettere, e la gelosia suscitata nella contessa dall'apprendere che « l'ordinanza aveva un'amante e che l'aveva resa incinta ». E che la contessa lo avesse appreso – dice il pubblico ministero – « risulta ». Ma si vedrà che non risulta per niente. Comunque, secondo l'accusa, è certo che la contessa sta tentando di modificare nel dibattimento quel che aveva reso in istruttoria: a somiglianza di quel che aveva fatto Maria Tarnowska nel famoso processo di qualche anno prima. Un riferimento, da parte del pubblico ministero, che accende d'indignazione l'avvocato Raimondo: anche per il fatto che la Tarnowska era stata condannata ad otto anni di carcere, e lui per la contessa si batteva per averne l'assoluzione.

Alla terza giornata, dopo le ultime contestazioni all'imputata sui tempi e i gesti del Polimanti e suoi prima del colpo omicida (la contessa ripete: l'abbraccio e i baci del Polimanti, lei che si dibatte e lo graffia al volto, riesce a svincolarsi, corre a prendere l'arma dal cassetto, lo affronta mentre lui a braccia aperte e ridendo le dice che non ha paura; e il colpo che, quasi senza sua volontà, parte), comincia la sfilata dei testimoni. Primo è il medico Giuliani, inquilino dello stesso palazzo, che subito constatò la morte del Polimanti e vide quei graffi che, in sede di autopsia, gli altri medici non notarono. È poi la volta della signora Bosio, nel cui appartamento corse a rifugiarsi la contessa dopo aver sparato; ma poiché la signora dice le stesse cose che più ordinatamente dirà il marito – capitano dei bersaglieri, stesso reggimento dell'Oggioni e del Polimanti – è meglio fermare qui la testimonianza di costui, peraltro con più dettagli di quella della consorte. Racconta dunque il capitano Bosio: « Circa venti giorni prima del fatto, una notte, verso le due ore, la signora Oggioni suonò alla mia porta per invocare il mio intervento in casa sua, poiché il Polimanti non voleva lasciare a nessun costo l'appartamento, e anzi cercava a viva forza di penetrare nella di lei camera da letto. Mi affrettai a scendere, e domandai al soldato le ragioni del suo strano contegno. Mi rispose che non osava presentarsi in quartiere per il fatto che egli si trovava fuori senza permesso. Finalmente il soldato se ne andò e io dissi alla signora: "Lei non deve assolutamente tenere più presso di sé questo soldato". E a vero dire la signora mi aveva prevenuto, poiché congedando il Polimanti gli aveva detto di non più ritornare l'indomani mattina. Ma l'indomani mattina, alle 7, il Polimanti era alla mia porta. Egli mi disse: "La signora mi ha perdonato, e supplico lei di voler fare altrettanto. La signora la desidera giù". Io aderii, e quando scesi in casa Oggioni la signora mi disse che il Polimanti le aveva fatto umilissime scuse e l'aveva fortemente supplicata. "Ha pianto" ella mi disse "e ha promesso solennemente di correggersi; ed io chiedo a lei, capitano, di volerlo a sua volta perdonare così come io sento di fare". Io tornai a redarguire, naturalmente in modo assai vivace, il Polimanti. Egli mi disse: "Cosa vuole, capitano, avevo bevuto! E poi, bisogna che lo dica francamente: mi ero sbagliato". Tali parole mi parvero significare: "Mi ero fatto delle illusioni sull'arrendevolezza della signora; ma ella non è come io me l'ero immaginata" ». A questo punto, l'avvocato Perry Mason, del foro di Los Angeles, sarebbe intervenuto – se di parte civile – a chiedere la cancellazione dell'ultima frase: come impressione e illazione del teste (che, nella procedura americana, deve soltanto riferire i fatti verificatisi sotto i suoi occhi e a portata delle sue orecchie). E mi permetto questa divagazione, considerando quanti processi oggi in Italia andrebbero per aria, e quanti imputati a spasso e in spasso, se una simile procedura venisse applicata. I processi che oggi si fanno in Italia, se si togliessero le illazioni dei testi e il « sentito dire » da altri che nei processi non sono né imputati né testi, crollerebbero come castelli di carta: sicché il buon cittadino, non sapendo, come l'asino di Buridano, scegliere tra il desiderio di vedere finalmente puniti prosperi e spavaldi malviventi e il desiderio parimenti intenso che ogni punizione muova dalla più ampia, sicura e indefettibile legittimità giuridica, quasi muore di civica inedia. Appunto come nel sofisma scolastico di Jean Buridan di Béthune, che Dante stupendamente riassume nella terzina: « Intra due cibi, distanti e moventi / d'un modo, prima si morrìa di fame, / che liber'uomo l'un recasse ai denti », che apre il quarto canto del *Paradiso*.

Consentendo dunque la consuetudine, più che la legge, che nel processo penale italiano un teste si abbandoni a riferire impressioni, opinioni, valutazioni soggettive di fatti e persone, cose sentite da terzi e persino gli anonimi e collettivi « si dice » – spesso anzi giudici e avvocati sollecitandoli – il significato che il teste dava alla frase del Polimanti passò irrilevato. E il capitano Bosio continuò a raccontare: « Pochi giorni dopo, dieci o quindici prima della tragedia, scendendo dalle scale di casa con mia moglie, vidi la signora Oggioni sulla porta di casa sua che congedava il Polimanti con queste parole: "Via di casa, non comparitemi più innanzi! Ve l'accomoderete col capitano". Il Polimanti andò via e io, avendo chiesto spiegazioni alla signora, questa mi raccontò che il Polimanti aveva mancato di rispetto a lei e al suo bambino. Ma il giorno dopo seppi che il Polimanti era stato riammesso al servizio degli Oggioni. Alcuni giorni dopo ero in caserma e dalla mia servente, sopraggiunta affannata, seppi che in casa Oggioni si trovava un morto. Con tutta la miglior prudenza, avvertii il capitano Oggioni e insieme uscimmo dalla caserma. Egli inforcò la bicicletta e io, a passo di corsa, mi avviai a mia volta verso la casa. Salii in fretta al mio appartamento: vi trovai la signora Oggioni che, in uno stato indescrivibile di agitazione, mi disse: "Ho sparato per difendere il mio onore". Dopo di me entrò nell'appartamento il capitano Oggioni. La signora gli si buttò al collo gridando: “Ferruccio, Ferruccio mio: per essere soltanto tua!” ».

Il capitano Bosio, pur rendendo una testimonianza favorevole all'imputata, s'intravede che ha delle perplessità riguardo ai reiterati perdoni elargiti dalla signora al Polimanti: com'è che il suo consiglio di non tenerselo più in casa – « assolutamente » – la signora non aveva capito che era il più giusto e risolutivo? Perplessità che resta anche in chi, più di settant'anni dopo, si trova a scorrere le carte del processo.

C'è però, nella testimonianza del capitano Bosio, da chiarire oggi un punto; ed è quello in cui dice: « una notte, verso le due ore », e che allora tutti intendevano come le due ore dopo l'avemaria e non, come oggi si può credere, dopo la mezzanotte. Allora – e fin oltre la mia infanzia – lo svolgersi della giornata era scandito non, per così dire, municipalmente dal tocco degli orologi ma, sempre per così dire, ecclesiasticamente dal tocco delle campane: il salveregina, il mezzogiorno, il vespro, l'avemaria, le due ore di notte; e tra il salveregina e il mezzogiorno c'erano gli scampanii che avvisavano delle messe che, una appresso all'altra, si celebravano: ore, queste, di cui più tenevano conto le donne che gli uomini già al lavoro. « Temps perdu », ormai: ma ancora quelle campane scandiscono la « recherche » di ognuno che abbia i miei anni.

Non era dunque notte fonda, ma ancora sera, quando la signora salì a chiedere soccorso al capitano Bosio per cacciare di casa il Polimanti. E la ragione per cui ricorreva al collega del marito e vicino di casa era che il capitano Oggioni, in quei giorni, era alle manovre: assenza che pareva propizia al Polimanti per – a piacer vostro – allacciare o riallacciare amoroso rapporto con la signora.

I coniugi Oggioni avevano due figli: un maschio di nove anni, una femmina di otto. Ma al momento della tragedia, un altro se ne annunciava, e perciò i quasi quotidiani malesseri della signora, il suo stato d'animo preoccupato e quasi angosciato. La signora Bosio, a domanda del presidente, risponde: « Mi disse che ne era dolente, ed io le dissi che bisognava accogliere festosamente anche la nascita del nuovo figliuolo e portandole ad esempio il mio caso, di un altro figlio venutomi dopo una pausa di quasi dieci anni ». E ci sono tante ragioni perché una donna si senta angosciata all'annunciarsi di una nuova maternità, e dopo tanti anni: ma gli avvocati di parte civile ne vedevano una sola: quella del « figlio della colpa », per come allora pellicole cinematografiche e romanzi d'appendice assiduamente rappresentavano e titolavano. E perciò si insinuava come voluto l'aborto che la signora aveva avuto in carcere. L'avvocato Raimondo se ne indignava: ma a quanto pare era il solo; a parte, si capisce, la contessa. Tutti credettero che, stessero le cose in un modo o in cert'altri modi, ma fermo restando che la contessa almeno una volta aveva avuto rapporto sessuale con l'attendente, il punto del dramma fosse quello: l'incipiente maternità. E infatti, esplodendo sui giornali questa rivelazione (che non era una rivelazione per tutti coloro che avevano parte nel processo), enorme e agitatissima folla cercava di imbucarsi nell'aula che non poteva contenerla, qualcuno riportandone contusioni e fratture.

Tra le testimonianze delle amiche e degli amici di casa Oggioni, si inserivano quelle delle cameriere, serventi secondo i loro datori di lavoro, cameriste secondo Gozzano (che stava nelle vicinanze). « Lodo l'amore delle cameriste » diceva il poeta: ma intendeva il fare all'amore: semplice, sbrigativo e rinfrescante come il bere un bicchier d'acqua nell'arsura; senza complicazioni e conseguenze di sentimento. Evento non trascurabile, nella letteratura italiana, questa irruzione delle cameriste. Ce n'è una che porta i messaggi della padrona, e quando la padrona manda il messaggio che non può venire all'appuntamento, ecco il poeta subito consolarsene: « M'accende il riso della bocca fresca, / l'attesa vana, il motto arguto, l'ora, / e il profumo d'istoria boccaccesca. / Ella m'irride, si dibatte, implora, / invoca il nome della sua padrona: / "Ah! Che vergogna! Povera signora! / Ah! Povera signora!". E s'abbandona ». E non è la sola: c'è anche quella di casa, diciottenne, « fresca come una prugna ». Il poeta, insomma, andava al sodo: per dirla banalmente. Come il Polimanti.

Ecco la camerista Felicina Cordone, al servizio in casa Bosio: « incontrandomi per le scale, più volte il Polimanti mi ha baciata »; e Angela Gardelli, quella che da casa Oggioni se ne era andata, eccola a recidere i maligni tentacoli dell'accusa: « Me ne sono andata perché il Polimanti non mi dava pace: mi toccava e mi voleva dare sempre baci ». E aggiunge che il bersagliere si vantava di baciare tutte le donne in cui si imbatteva: ma, secondo lei, la signora Oggioni non era da mettere tra queste. Non nascondeva, l'attendente, di esserne innamorato e confidava che la signora gli corrispondeva; e una volta arrivò a proporre alla Gardelli una scommessa di dieci lire che la sera si sarebbe chiuso in camera da letto con la signora: ma ritirò la scommessa dicendo che della discrezione della camerista non si fidava. La ritirò invece, secondo la Gardelli, perché la sera, di ritorno dalle manovre, arrivò il capitano. Insomma: tutte vanterie e spavalderie, sul nulla. Ma non si lagnò mai con la padrona di quei toccamenti, di quei baci? Risponde la Gardelli che se ne lagnava: ma alle sgridate della padrona l'attendente « faceva il brutto muso ». Si offendeva, si incupiva, si innervosiva: e la signora, invece di rimandarlo al quartiere, non solo gli perdonava i toccamenti e i baci all'Angelina, ma ne tollerava anche i malumori che ai giusti rimproveri lo assalivano. A tal punto che, tenendoselo, finì col perdere la devota domestica. Che era, oltre che gentile, molto graziosa: e ci si può concedere di immaginarla « fresca come una prugna », e non senza dispetto della signora: per come, quasi tutti coloro che seguivano il processo, malignamente sospettarono: e che fosse stato un sollievo, alla gelosia della signora, il licenziarsi della cameriera.

Ma restando la gelosia della contessa nel malizioso pensare di ognuno, e poi argomento fuggevolmente toccato dall'accusa, è della gelosia del Polimanti nei riguardi della contessa che si viene invece a parlare: e ne riferiva un teste, cui il bersagliere – da bersagliere a bersagliere – non solo aveva confidato di qual paradisiaca bellezza fosse la signora senza i bissi, i picché, la « crêpe georgette », i rasi, gli « chiffons » e i « voiles » che la vestivano e in cui tutti l'ammiravano; ma gli aveva anche confidato che di tal bellezza non era il solo fruitore, avendo da un buco di serratura visto inequivocabili effusioni tra la signora e un certo dottor Vagliasindi, agronomo. Pertanto, avendo la Corte deciso di fare un sopralluogo nell'appartamento degli Oggioni, per ricostruire la « meccanica » del delitto, un giurato chiede si faccia anche esperimento se il buco della serratura davvero poteva far da cornice alla visione che il Polimanti aveva rivelato all'amico. Istanza cui nessuno si oppone: e al sopralluogo eccoli tutti – giudici, giurati, avvocati e giornalisti – con l'occhio ai buchi delle serrature: della camera da letto, che però offriva visione mutila e non probante; del salotto, che invece la dava completa. Poiché il Polimanti aveva raccontato di aver visto la contessa abbracciata all'agronomo e dall'una e dall'altra serratura, l'avvocato Raimondo chiede si mettano a verbale le constatazioni, risultando in effetti dubbiose. Ma si oppone la parte civile: non si può verbalizzare se le constatazioni non sono giurate da un perito. Obiezione che pare insensata; e se davvero dettata dal codice di procedura, bisogna dire che era (o è) di astrale insensatezza una norma che chiede il giuramento di un perito perché si prenda atto di quel che da un buco di serratura si vede. Un perito in « voyeurisme » da buco di serratura: sembra impossibile lo si possa trovare, di un vizio così segreto. Ma la Corte, non si sa come e per quali titoli, subito lo trova e nomina. Sul divano, il procuratore generale abbraccia il cancelliere: dal buco il perito vede, giura, certifica.

Le testimonianze fanno vortice intorno all'imputata, sempre più scarnita, sempre più bella. Ci sono quelle degli amici suoi e delle famiglie Oggioni e Tiepolo, quelle dei familiari e degli amici del Polimanti, quelle di coloro che per aver detto a qualcuno quel che avevano visto, quello che sapevano o credevano di sapere, erano stati presi al laccio del testimoniare: e non vorrebbero, e recalcitrano. L'imputata si commuove nel rivedere gli amici e nel sentire quello che dicono di lei; si fa fredda ed attenta quando parlano quelli di parte avversa; sorride o addirittura ride, partecipando all'ilarità di tutti gli astanti, nel sentire i recalcitranti o gli ingenui.

Approssimativamente, i testi si possono suddividere in tre categorie: Gli amici, i sodali: e tutti, dichiarando immutata stima alla famiglia Oggioni e alla signora in particolare, dicono di mai essere stati sfiorati dal sospetto che nell'indulgenza, che pur giudicano eccessiva, degli Oggioni verso il Polimanti, altro ci fosse che appunto l'indulgenza, la bontà d'animo. La seconda categoria, degli avversi, è quella dei familiari venuti su dal Piceno, che riferiscono del carattere candido, rispettoso e pudico del congiunto e, per converso, sono portati a credere, o addirittura son certi, che la contessa abbia agito a nefastamente imbestiarlo e, al momento in cui se ne è sentita minacciata, ad ucciderlo premeditatamente. E in questa categoria fanno spicco il Paride Polimanti, sarto a Fermo, e, pur non essendo parente, il conterraneo Strinchini, bersagliere da poco congedato che, della stessa leva e dello stesso reggimento del Quintilio, ne aveva raccolto dettagliate confidenze. La terza categoria, di cameriere, operaie e persone che più o meno abitualmente vedevano il Polimanti e ne ascoltavano vanterie e lamentazioni, non aveva sentimenti di ostilità nei riguardi dell'imputata, non nascondendo invece un certo risentimento nei riguardi del morto: e per il fatto che l'averlo conosciuto le aveva portate a testimoniare: dovere, a livello popolare, assolto sempre di controvoglia, al Nord come al Sud d'Italia – ma di più grave controvoglia, fino al vergognarsene, al Sud più a sud.

Di cameriere l'attendente ne aveva, è il caso di dire, maneggiate molte. Tutte ammettono il maneggiante approccio, ma tutte dicono o di averlo subito respinto o di aver posto come condizione al loro incontrarsi che tenesse le mani a posto. Promessa magari fatta, ma certo non mantenuta. Da quel che vien fuori dalle testimonianze, sembra che per tutta San Remo le mani del Polimanti volassero a palpeggiare corpi di pulzelle e maritate, di belle e di brutte. E sono indubbiamente le mani dell'attendente quelle che due dirimpettaie, dedite a scrutare la cucina di casa Oggioni, vedono un giorno muoversi a carezzare un torso femminile: che non possono giurare fosse quello della signora o quello della cameriera, la disposizione delle imposte non permettendo una completa visione; ma si sente che credono fosse quello della signora, se aggiungono che troppo stava in cucina e troppo, in concorde e quasi pretestuoso affaccendamento, parlava e rideva con l'attendente: familiarità di per sé sconveniente, a giudizio delle osservatrici: anche se nettamente non lo dicono. E con eguale reticenza, anche qualche ufficiale dà giudizio di sconvenienza sul fatto che l'attendente, quando la signora andava al mare, se ne stesse a vagare sulla spiaggia in accappatoio: il che era rigorosamente vietato a ogni altro suo commilitone. Che poi entrasse nella cabina dove la signora si svestiva e rivestiva, e che svestita l'avesse vista una o più volte, era, per molti testi, un sentito dire: dal Polimanti stesso. Che a tutti i suoi conoscenti raccontava del suo amore per la signora e mostrava il medaglione: a quelli meno in dimestichezza dicendo che si trattava della moglie di un avvocato, agli altri dichiarando che era la moglie del capitano. Ma tra quelli cui dichiarava la precisa identità della signora, faceva una distinzione: ad alcuni diceva che ne era innamorato e avrebbe tentato il colpo di portarsela a letto; ad altri che ne era corrisposto al punto che, insaziata, la contessa stava portandolo all'esaustazione, al deperimento.

Al suo conterraneo e camerata Strinchini aveva, come si è detto, fatto più dettagliate confidenze. La scena della seduzione, lo Strinchini la riferisce –

afferma – con le parole precise dell'amico: che un giorno la contessa, alquanto disabbigliata, gli si fece incontro per parlargli; che lui, abbagliato da quella visione, rimase come incantato, senza nulla capire di quel che lei gli diceva; e domandatogli la contessa che cosa avesse da guardarla a quel modo, altro non seppe risponderle che era bella, bella; e ne ebbe un buffetto, quasi una carezza: al che la prese tra le braccia, appassionatamente e freneticamente la baciò; e allacciati caddero su una poltrona... Racconto cui si poteva conferire tanta attendibilità da preoccupare gli avvocati di difesa, che fecero di tutto per discreditare il teste, attribuendogli condotta equivoca e specialmente in rapporto a due sue sorelle, che s'insinuò fossero dedite alla bella vita: espressione che faceva il paio con quella di donnine allegre: e come la vita cui si alludeva non era per niente bella, di nessuna allegria erano le donne che la facevano. Ne nacque incidente tra gli avvocati e poi, da parte dello Strinchini, un tentativo di aggressione al professor Conti, che era, più del Raimondo, sagace difensore della contessa.

Nella ridda delle testimonianze, nel continuo alternarsi e contraddirsi delle verità, quella dello Strinchini, anche per le reazioni della difesa, più delle altre viene ad incastrarsi nella mente di coloro che seguono il processo e rende attendibili anche altre che vanno nello stesso senso, anche se attendibili non sono. Non lo è, per esempio, quella di Paride Polimanti, che era stato anche lui attendente della famiglia Oggioni e che racconta una negligenza (da « négligé ») della signora da lui interpretata come tentativo di seduzione: tentativo che non sortì effetto, essendo lui di tempra più forte e di princìpi più fermi del suo « disgraziato » fratello: parola usata, anche da altri familiari, e nel senso di vittima della disgrazia di essersi imbattuto in una donna micidiale, e in quel senso « più grave, che intacca il morale decoro », che la parola prende quando è preceduta dall'« un ». Ma in effetti il giudizio più sensato sul Polimanti viene da un caffettiere (non c'erano bar e baristi): « era un giovane svelto ma sciocco »; e non era da dar peso a tutte le sciocchezze che raccontava e che lui, il caffettiere, molto distrattamente ascoltava. Con il qual dire subito sgusciò dalla testimonianza, ma lasciando un avviso che meritava di essere raccolto. Né credo sia fuor di luogo che io aggiunga – maturata, oltre che nella visione generale del caso, su certi dettagli delle cronache – la considerazione che un po' sciocca era anche la signora: almeno di quel tanto che è controparte alla bellezza e che agli occhi degli uomini alla bellezza femminile dà aura.

La questione dell'aborto – nella convinzione dell'accusa che sia stato voluto e nello sdegno della difesa a respingerne sia pure il sospetto – non poteva non risolversi che nell'ordinanza di una perizia ginecologica: se una ce n'era voluta per il buco della serratura, figuriamoci su un argomento cui ci voleva lume di scienza. È però da dire che l'imputata e i suoi avvocati se l'erano voluta, maldestramente sostenendo che l'aborto era stato conseguenza della violenta colluttazione con l'attendente. Dopo quasi un mese, e senza aver denunciato all'atto dell'arresto segni e sintomi del maltrattamento subìto, la cosa appariva inverosimile: e da ciò la necessità della perizia, che nel desiderio dell'accusa avrebbe dovuto provare la dolosa volontà di liberarsi del « frutto della colpa ». Ovviamente, questo non fu provato; né il suo contrario. Tutto restò nel dubbio di prima: in una udienza a porte chiuse in cui anche si discussero i particolari più scabrosi della vicenda: particolari che sembrerebbero oggi da educande, se educande ancora ci fossero.

A proposito della colluttazione, una rivelazione interessante era venuta dal commissario di Pubblica Sicurezza Silvestri, che nessun dubbio nutriva sulla legittimità del colpo di rivoltella ma, chi sa per quale deduzione o soltanto parlando a testa per aria, di tale sua certezza trovava prova nel fatto che nessun coinquilino dello stabile avesse sentito voci e rumori provenienti dall'appartamento Oggioni: prima dello sparo, che sentirono tutti. E gli risultava da accurate indagini. L'affermazione, che l'accusa avrebbe dovuto raccogliere, fu ingoiata dalla palude delle testimonianze: che davvero ormai facevano palude di crescente livello. Noiosa, soffocante.

I testi si avvicendavano sul podio a ripetere quasi tutti le stesse cose: le confidenze del Polimanti, le sue frenesie tattili; i sensi della più alta considerazione nei riguardi della signora, il non aver mai sentito alcunché potesse incrinarla, dare il minimo dubbio. Centoquaranta testi: e alcuni più di una volta chiamati. Come l'Angelina Gardelli, richiamata a ribadire che lei mai si era permessa di guardare dal buco della serratura e poi ancora per parlare della spuntatura dei capelli della signora: che sì, se li spuntava, per come la signora a un certo punto si era ricordata, per spiegare la ciocca che il Polimanti custodiva nel medaglione. Ma arriva alla parte civile una lettera anonima, di una signora che spiega: « Donna sono io pure, e così io pure spunto i capelli per farli crescere più belli; ma posso assicurare che spuntare non vuol dire tagliare delle ciocche. Spuntare vuol dire tagliare appena la punta dei capelli. Non credo dunque che esista al mondo innamorato così certosino da raccogliere delle spuntature e riunirle con un nastrino ». Ma questa è una delle tante lettere anonime che piovono su giudici, pubblico ministero, avvocati di difesa e di parte civile: solo che questi ultimi hanno interesse a passarne copia ai giornalisti, poiché sono lettere che approvano, che esortano, che suggeriscono colpi. Giudici e avvocati della difesa, altre ne ricevono dettate dallo stesso sentimento: ma di esortazione a condannare duramente, i giudici; di rimprovero, i difensori. Tutte di donne: che paventano l'assoluzione della contessa come un primo segno di rovina della famiglia, della società, della patria. Una signora che si firma Oliva, a nome di tutte le maestre d'Italia, scrive: « Noi maestre che sappiamo quante cure si esigono, prima dalle madri e più tardi da noi, per formare un uomo capace di servire la patria, deploriamo vivamente e sentitamente la morte inflitta al soldato Polimanti dalla turpe e scellerata mano di una donna che, dopo avere... ». Il cronista si astiene dal copiare il resto, sicché il lettore può anche immaginare che consistesse in una rappresentazione oscena di quel che tra la donna e il soldato avveniva prima del colpo fatale: ma certamente quella rappresentazione era rimasta nella mente della maestra, alla penna affluendo soltanto castigatissime espressioni. E chi sa quanti abissali o viscerali amori ed umori – umani e italici – erano nelle 570 lettere anonime pervenute alla parte civile, nelle 350 alla difesa, nelle 120 al presidente, nelle 69 al pubblico ministero; cui son da aggiungere quelle non computate, ma tantissime, ricevute dai giurati e dagli inviati dei giornali.

L'ostilità delle donne che mandano lettere a coloro che hanno parte nel processo, si può riassumere in questa premonizione a tutte incresciosa: l'assolveranno, l'assolverete, perché è bella. Il desiderio, l'aspirazione a veder realizzata la giustizia, consiste dunque nel contrario: deve essere condannata perché è bella. Vengono messe avanti la famiglia e la patria (la patria che in Libia era passata di vittoria in vittoria e passava ora di fucilazione in fucilazione), cui l'assoluzione minacciava rovina: ma il chiodo era quello, la bellezza dell'imputata. C'era anche, più diffusamente a livello popolare, e più degli uomini che delle donne, un sentimento di ostilità all'imputata che veniva dall'istinto o coscienza di classe: ma per lunga esperienza come rassegnato e, nei più impegnati in politica, temperato dal fatto che un socialista ne avesse assunto la difesa. Ma si può anche ammettere che le brutte, quelle che mandavano lettere anonime, non avessero del tutto torto: la bellezza dell'imputata influenzava gli uomini a giudizi dubitativi, meno implacabili: e non solo gli uomini di istinto o coscienza di classe, ma anche quelli – di specie più diffusa – che alla loro ombrosa e pervicace nozione dell'onore familiare, al loro eleggersene a custodi, e insomma alla loro gelosia, in una sentenza di condanna avrebbero trovato conforto per sé e ammonizione per le loro mogli, figlie, cognate e cugine (ché vasto era l'onore familiare su cui bisognava vigilare).

« Che cos'è la bellezza » esclama con atroce stupore Gioacchino Belli: in un sonetto in cui, portando ad esempio la scelta che si fa tra i gattini appena nati di allevare i più belli e di buttare tra le immondizie gli altri, ci mette sotto gli occhi, in tutta la sua atrocità appunto, un fatto che d'abitudine si pratica o si sente raccontare senza spavento, senza raccapriccio (che è, il raccapriccio, l'effetto dello spavento: la pelle d'oca, il rizzarsi dei capelli: e lo si prova, quando si arriva all'ultimo verso del sonetto di Belli). Ma la bellezza... Di una donna, la bellezza, diceva Stendhal, è una promessa di felicità: che a noi sia riservata o ad altri. Ma bisogna pur dire che sensatissima è questa specie di annotazione in margine di Toulet, molti anni dopo: « nessuno ha mai detto che la promessa sia stata mantenuta ».

Tra la testimonianza di Antonio Sciacca – bersagliere ormai in congedo, venuto da Marsala a testimoniare riguardo alle solite confidenze del Polimanti, con in più quella ultima del « pasticcio » in cui si era messo per essere rimasta la signora incinta e in una situazione da non potersene giustificare col marito – e la testimonianza di Clarice Pasquali, cameriera della madre dell'imputata, venuta da Casal Monferrato a raccontare degli assalti del Polimanti da lei robustamente respinti: e credibilmente, stando al suo fisico – si inserisce e prende svariante risalto la testimonianza del professor Pompeo Molmenti, senatore del Regno. Studioso di storia veneziana, e con particolare attenzione alla vita libertina della città nel secolo XVIII e al suo cittadino il più illustre in tal senso, le sue ancor oggi fertili ricerche e l'austerità della sua vita lo avevano portato al laticlavio senatoriale. Pubblicava proprio in quell'anno gli *Epistolari veneziani del secolo XVIII*, foltissimo e sempre utilissimo libro; e, tra tanti altri lavori, già nel 1910 aveva dato un primo assaggio dei *Carteggi casanoviani* che in più vasta silloge pubblicherà tra il 1916 e il 1919: lavoro cui è presumibile attendesse al momento in cui dalla sua Venezia si recò ad Oneglia per testimoniare.

Uno dei più noti e infaticabili casanovisti, e forse il più autorevole: l'ambasciatore degli Stati Uniti J. Rives Childs (la passione casanovista particolarmente alligna nei diplomatici: agevolata forse dal loro vagare da una capitale all'altra e dal tempo libero e dai liberi accessi di cui godono), lo mette tra gli eminenti eruditi che, oltre al merito di aver trovato illuminanti documenti, hanno avuto quello di far conoscere Casanova in Italia: ché c'era voluto più di mezzo secolo a fare apparire la prima versione delle *Memorie*. Ma più grave del ritardo fu la frantumazione che se ne fece offrendone isolatamente le parti più piccanti, che son poi le più meccaniche e ripetitive, a un pubblico talmente vasto da comprendere gli appena alfabetizzati. Ed è facile sospettare se ne fosse nutrito anche il Polimanti, che a quel lontano modello probabilmente si ispirava, rozzamente somigliandogli per inesauribile appetito, sicurezza di sé, lestezza di approccio, baldanza – e spiccata vocazione alle cameriste.

Il professor Molmenti, dunque: che è uno di quei personaggi del mondo dell'erudizione, della cultura, che sommamente mi interessano, mi affascinano: personaggi che dedicano quasi tutta la loro esistenza a seguire le orme, quasi a pedinare, personaggi che son di loro, della loro vita, dei loro intendimenti, tutto il contrario. E mi è venuta l'espressione « seguire le orme » pensando a colui che ne è l'esempio più ragguardevole: il cattolico e quasi (o senz'altro) giansenista Pietro Paolo Trompeo, austero, casalingo, di sempre casta dicitura, che, cominciando da giovane a seguire le orme dell'ateo e libertino Stendhal nell'Italia romantica, per tutta la vita lo seguì anche altrove e in altre congiunture: con un amore e una sensibilità che quasi direi impareggiabili. E appunto il suo primo libro s'intitola *Nell'Italia romantica sulle orme di Stendhal*.

Ma la testimonianza del professore e senatore Molmenti non lascia – e ben s'intende – cadere sul processo la minima e sia pur fuggevole postilla casanoviana. Tocca tre punti proficui alla difesa: la « morbosità » che si manifestava nella contessa nei momenti di profondo dolore, e ne era prova l'avere il senatore appreso che era svenuta al funerale del senatore Tiepolo; la nobiltà della famiglia, che direttamente si apparteneva a quella che aveva dato un doge e una regina; il senso dell'onore, sentito a tal punto nella famiglia che il nonno dell'imputata ne aveva provocato la rovina per pagare i debiti di un parente: sicché – concludeva il senatore – il nome Tiepolo e la parola onore eran da considerarsi sinonimi. E peggio per il Polimanti, si può aggiungere a succo della testimonianza, che nulla capì della morbosità della contessa e nulla seppe del sinonimo.

Nel sopralluogo a San Remo, per le descrizioni che i giornali fanno dell'appartamento, abbandonato dal giorno della tragedia, polveroso, sinistro (una coinquilina si affaccia a dirlo addirittura fatale: una guardia daziaria, mettendo un piede in fallo, su quel pianerottolo si era abbattuto morto; e l'attendente di un ufficiale che prima degli Oggioni abitava l'appartamento, vi era stato portato agonizzante: si era suicidato per un rimprovero del suo capitano; e forse questo precedente suggestionava il Polimanti, quando diceva che si sarebbe suicidato, se non gli fosse riuscito il colpo di andare a letto con la signora); nel sopralluogo all'appartamento, dunque, si comincia a materializzare nell'opinione pubblica la figura del capitano Oggioni. E vi contribuisce poi, giorno dopo giorno, la lunga sequenza delle testimonianze di colleghi e superiori, tutti attestanti stima e solidarietà, ma con un sol punto, se non di riserva, di perplessità: per come si è notato già nella testimonianza del capitano Bosio. Perché mai si era tenuto il Polimanti, se i colleghi ripetutamente gli avevano consigliato di rimandarlo al reggimento? E non solo singolarmente e privatamente, gliel'avevano consigliato, ma anche collettivamente e ufficiosamente: ché i suoi pari grado avevano addirittura tenuto consiglio sul caso Polimanti e gli avevano comunicato l'unanime parere che lo cacciasse di casa. Il che vuol dire che non era vero quel che gli ufficiali dichiaravano testimoniando: che mai avevano sentito maldicenze sulla presenza di quell'attendente in casa Oggioni.

Ai colleghi che lo sollecitavano a liberarsi del Polimanti, il capitano rispondeva di aver timore che, tornando al reggimento, andasse a finire alla compagnia di disciplina: conoscendone il carattere irriducibile ai doveri, strambo, impetuoso. Ragioni tutte da non fidarsene anche per i servizi di casa. E poi come mai un ufficiale di carriera, di un esercito la cui disciplina arrivava allora al sadismo, a quella disciplina, che si credeva impareggiabile maestra di vita, voleva sottrarre un soldato che più di altri pareva averne bisogno?

I giornalisti che avevano partecipato al sopralluogo, e con crepuscolare malinconia avevano descritto l'appartamento, dicevano: « I figli non ci sono più, portati via dalla nonna materna; e il padrone di casa è lontano ». Lontano dove? Lontanissimo, certo, dalla moglie: alla quale forse non credeva; e comunque si credeva in dovere di non crederle, se gli altri non le credevano (e dentro un tal meccanismo, Pirandello già scrutava: angosciato, sgomento). E la sua assenza dall'aula del processo, prima non notata o taciuta, dal momento del sopralluogo cominciò ad apparire come un disdegno nei riguardi della moglie, come un'accusa. Ed è ammirevole la discrezione dei giornali nell'alludervi appena: ché oggi un simile venticello sarebbe diventato schiamazzo, tempesta, rimbombo: come nel *Barbiere* la descrizione della calunnia, che partendo accompagnata dal flauto finisce coronata dalla grancassa. Lontano per quanto fosse, il capitano sarebbe stato braccato, trovato, assediato, forzato all'intervista, alla dichiarazione desiderata – e cioè tale da aggravare la situazione della moglie davanti ai giudici. E anche nel caso che il capitano avesse dichiarato fiducia e amore verso la consorte, nel suo dire qualcosa si sarebbe trovato di risentito o di equivoco che servisse ad alimentare lo schiamazzo. Invecchiando, inevitabilmente si è portati a tributar lode al passato: ma ciò non toglie che del passato ci siano cose oggettivamente laudabili.

Eguale discrezione ovviamente non osserveranno, nelle arringhe conclusive del processo, la pubblica accusa e quella di parte. L'avvocato Conti, di difesa, si limita – giusta cautela – a un fuggevole accenno al « dolore ardente del capitano », espressione che, al di là della retorica cui gli avvocati erano più di ora dediti, e si potrebbe anche dire obbligati, non c'è dubbio fosse confacente allo stato d'animo dell'Oggioni; ma gli accusatori lo tiran dentro appunto accusando anche lui: di esser venuto meno ai suoi doveri di marito e di padre: a monte, per i « riguardi » usati alla contessa sua moglie; a valle, nella valle del tragico fatto, per essersi tenuto a casa, nonostante gli avvertimenti dei colleghi, l'intraprendente attendente. Disgraziato il Polimanti – non « un » disgraziato, ché era soltanto un candido giovane nell'irruenza dei suoi vent'anni – per essersi imbattuto nella protezione del capitano Oggioni: secondo l'avvocato Rossi, di parte civile. In quanto ai « riguardi » del capitano verso la consorte, bisogna decifrarli nel senso di astinenze o cautele nel rapporto sessuale. Non si capisce bene, nelle insinuazioni dell'accusa, se si vuol dire di assenza o di non frequenza o di « amplexus interruptus »: la parola « riguardi », naturalmente carica d'ironia, può comprendere un grado o l'altro di questi significati. Il linguaggio, come si è detto, era di estremo pudore: sicché, quando nella foga della sua arringa, il pubblico ministero chiede al presidente se può riferire certi dettagli di voluttà di cui si era parlato a porte chiuse, il presidente grida un « no » quasi straziato. I « riguardi », comunque, eran stati unicamente rivelati dalle confidenze del Polimanti agli amici: confidenze da cui il capitano veniva fuori, e si può immaginare con qual dileggio, come un « malthusiano » di stretta osservanza. Proprio così, dalla bocca dell'attendente: « malthusiano ». Che, detta da lui, la parola doveva sembrare un po' forastica ai suoi ascoltatori, e bisognosa di spiegazioni. E come pensare che la parola, e il significato, il Polimanti li avesse trovati da sé, che non li avesse appresi per intima confidenza dalla contessa?

Le arringhe durarono dal 26 maggio al 2 giugno. Parole, parole da cui affiora uno sparutissimo arcipelago di elementi concreti, di indizi dimostrativi dell'una e dell'altra verità. La verità della difesa, di avere agito l'imputata in stato di necessità e a salvaguardia dell'onor suo e della famiglia (ma, nonostante la dichiarazione preliminare, disposta la difesa ad ammettere la secondaria verità che al momento del fatto la contessa era in condizioni psichiche confusionali, esasperate, esaltate). E la verità dell'accusa, di una fredda premeditazione del delitto in cui si poteva ammettere avesse giocato l'intento di difendere, per sé e per la famiglia, le apparenze dell'onore: ma soltanto le apparenze, avendo la contessa fattone già scempio, in effetti, nel sedurre l'attendente o nel cedergli. E la buona intenzione di salvare le apparenze dell'onore e di evitare la disgregazione della famiglia, l'accusa pare non sarebbe stata aliena dal riconoscergliela come « attenuante », ad attenuare cioè la pena: ma purché si sentenziasse premeditato l'omicidio. Vicinissimo era il patto Gentiloni, il suo levarsi a baluardo dell'istituto familiare che la folle ricerca della felicità minacciava: e lo approvavano anche quegli stessi che follemente la felicità inseguivano: i borghesi di una improvvisata, amorfa, quantitativamente indefinita ma certamente maggioritaria borghesia. Né il patto era venuto dal nulla: fondava su un'antica, vasta e varia eredità ed ereditarietà di dedizione al culto e alle celebrazioni delle apparenze, sull'imperativo di salvarle anche nella decomposizione della sostanza.

Di argomenti concreti, di indizi da sommare e fare assurgere a prova, l'accusa ne aveva: ma preferiva puntare su quello della concupiscenza di una bella donna di trentacinque anni, sposata da dodici, per un giovane di ventidue: bello, forte, ingenuo e ingenuamente ardente. Anche al concreto argomento del medaglione scomparso, che pure l'imputata aveva ammesso di aver visto e che aveva tentato di togliere al Polimanti, fu devoluta una non severa attenzione: ché della scomparsa si sarebbe dovuta accusare esplicitamente l'autorità militare, che sugli effetti del soldato aveva subito messo le mani: ma come si poteva, in quel momento eroico, nel fremito patriottico e militarista che percorreva l'Italia, toccare l'esercito di un'accusa? Il pubblico ministero, anzi, si guardò bene dal riferirvisi, all'argomento del medaglione: lo lasciò alla parte civile, che straccamente ne fece uso. In quanto alla difesa, il solo concetto limpidamente pertinente – e nel senso del diritto e alla luce del sentimento – fu quello enunciato dal professor Conti: che anche una donna da Suburra ha il diritto di rifiutare un rapporto e di difendersene, magari uccidendo, se si tenta di imporglielo con la violenza; e che ogni donna è libera di troncare una relazione amorosa quando – per ravvedimento, per convenienza o per noia – decide di troncarla: e conseguentemente a un tale diritto, se con la violenza la si vuole costringere a continuarla, e non basta la sua forza a respingere la forza dell'altro, a pareggiare le forze – e inevitabilmente eccedendo – diventa del tutto legittimo l'uso di un'arma. Naturalmente, aggiunse che nell'uno e nell'altro caso non era ravvisabile quello della contessa: che non era – luminosamente evidente anche per il più ignobile detrattore – donna da Suburra, né era sfiorabile dal sospetto – che l'accusa avanzava distorcendo fatti e prestando fede alle maldicenze suscitate dalle ignobili fantasie e vanterie del Polimanti – che premeditatamente, a troncare una relazione che stava diventando gravosa e rischiosa, avesse scelto di uccidere.

Il concetto non pare facesse granché breccia nel muro d'un'opinione cui anche le donne consentivano: che tra la Suburra e l'adulterio ci fosse un confine sottilissimo e di estrema mobilità; e che una volta entrata in quel territorio, e stando su quell'incerto confine, una donna non può, non deve uccidere un uomo solo perché vuole da lei quel che altre volte ha già avuto. E la pensavano così, certamente, anche le adultere: che al loro adulterio ovviamente conferivano l'altra santità dell'amore, « forte come la morte », e capace di oscurare la santità del matrimonio, mentre l'adulterio delle altre consideravano né più né meno che puttanesimo. E figuriamoci quanto una simile visione trovasse l'approvazione e l'incoraggiamento degli adulteri.

Ma la grande attesa era per l'arringa dell'avvocato Raimondo: che parlò per ultimo, e per ore. E non deluse; commosse ed entusiasmò, anzi. Barba e chioma tempestosamente agitate dal vento del suo eloquio, appunto recitò una di quelle arringhe piene di vento su cui allora si misurava la valentìa di un avvocato; e di un uomo politico ancora oggi (di un uomo politico che si affaccia a parlare in televisione, qualche ora dopo nello spettatore televisivo resta la sola memoria che « ha parlato bene », se « ha parlato bene »: ed è inutile chiedere di che, poiché tanto meglio ha parlato se di nulla). E la leggo, l'arringa del Raimondo, senza sentire vibrarvi una sola emozione, senza scorgervi alcunché di persuasivo, di convincente. Ma nell'aula della Corte d'Assise di Oneglia, il pubblico pianse e freneticamente, lungamente applaudì. Pianse, si capisce, anche l'imputata. E pianse anche (e si capisce un po' meno: e per il ruolo di impassibilità cui era tenuto e per l'abitudine, da far callo ad ogni sentimento, che si suppone dovesse avere, a sentire commoventi orazioni) il presidente della Corte. Che scampanellò a far cessare l'applauso: ma lacrimando.

Un avvocato che si trovasse a difendere una donna imputata di avere ucciso un uomo per difendere o riscattare il proprio onore – non cedendo o avendo ceduto per la promessa delle giuste nozze da cui l'uomo si era poi involato – doveva dentro di sé far tacere le tante e assidue voci di secolari pregiudizi e luoghi comuni che eran venuti formando un apparato dottrinario, un sistema di convinzioni e di conseguenti – palesi o segreti, esposti come virtù o nascosti come vizi – comportamenti. E così anche nei casi in cui la donna era parte offesa e querelante per aver subìto violenza: casi che la legge contemplava in dure pene: da tre a dieci anni, e con ingenti aggravamenti se la violenza era stata esercitata su una minorenne o « con abuso di autorità o di fiducia o di relazioni domestiche »: vale a dire, rispettivamente, da un don Bartolo su una Rosina (*Barbiere di Siviglia*: se don Bartolo fosse stato meno preoccupato per la roba e più occupato dal desiderio e invigorito); da un Rustico su una Alibech (*Decameron*, terza giornata, novella decima); da un padron di casa sulla camerista o su una cugina ospite sorpresa a letto nella controra. Ovviamente, benché il codice vi sorvolasse, la condizione di « illibata » che veniva a perdere al momento della violenza, era in processi simili una specie di consuetudinario *sine qua non*, il punto di vantaggio della querelante: e da ciò le umilianti visite mediche, d'ufficio e di parte, a certificarne l'illibatezza prima del fatto e perduta; e quando perduta. Come poi facesse la scienza medica a certificare il quando, è uno dei suoi misteri, poiché la scienza medica, nel suo svolgersi nel tempo, di misteri ne ha. Magalotti dice di cose che i medici una volta consigliavano e poi avversarono; e Savinio di aver visto nella sua vita mutare ben quattro volte l'opinione medica sul pomodoro. E amen: per noi, di noi. L'illibatezza, dunque: e quando non se ne faceva questione, la violenza non producendo quel danno, la sorte di un processo si presentava così dubbiosa e discreditante, che le violentate – e i loro familiari specialmente – preferivano lasciar perdere ogni tentativo di rivalsa. Quasi una regola: e c'è da credere la si osservi ancora.

Ma nonostante l'indulgenza del codice verso il delitto d'onore e la severità verso la violenza carnale, quando un avvocato si trovava a difendere una donna che per onore aveva ucciso o a sostenere le ragioni di una violentata contro il violentatore, remore e incertezze facevano peso. Sto parlando dell'avvocato di una volta: e non in sé, si capisce, non in avulsa categoria: ma nel contesto di una società, di un ambiente, di un sistema di credenze quasi totalitariamente accettato e praticato (e ancora se ne scorgono plaghe o se ne scoprono improvvise e imprevedibili insorgenze). La convinzione che, nei casi di violenza carnale, la donna avesse sempre torto, coscientemente o incoscientemente, che rappresentasse comunque una provocazione, era profonda e di lubrificato scatto. Correva come esempio, come leggenda e mito di veridico significato, l'aneddoto (con locale attribuzione a uno dei tanti allora celebri avvocati, ma di preferenza a un napoletano) di quell'avvocato che, a difesa di un imputato di violenza carnale, ad uno dei carabinieri che decoravano l'aula aveva chiesto di sfoderare la sciabola, di affidargliene il fodero: e impugnando il carabiniere la sciabola e tenendone l'avvocato il fodero, il carabiniere doveva riuscire a farla rientrare nel fodero che l'avvocato veniva lentamente, quasi impercettibilmente muovendo. Non riuscendo il carabiniere a rinfoderare la sciabola, l'avvocato si ebbe l'assoluzione del suo difeso. Metafora di straordinario effetto, tutte le volte che, a negare la possibilità della violenza carnale, vi si ricorreva (e mi pare di ricordare che la stessa metafora frequentemente affiora nelle *Mille e una notte,* ma gioiosamente); ma c'è da dubitare abbia avuto effetto sui giudici, supponendo in loro la nozione, peraltro non ardua, che il reato di violenza carnale non consiste semplicemente nell'atto di cui dice la metafora, ma in tutto quel che di minacciosamente imprevedibile e di violento lo precede. E c'è pure da dubitare che l'episodio si sia mai verificato in un'aula di giustizia: e perché il carabiniere, a filo di regolamento, non avrebbe potuto cedere al capriccio dell'avvocato (che sarebbe parso un capriccio o addirittura una momentanea follia, prima che si configurasse in pertinente metafora); e perché giudici e pubblico ministero l'avrebbero impedito; e perché, ragione definitiva, l'avvocato non poteva essere a tal punto preso dal raptus difensivo da non calcolare che il carabiniere, prima confuso e poi innervosito, non gli azzeccasse di punta o di taglio la mano che reggeva il fodero. Ma tant'è che la metafora ancora corre come probante, anche se chi oggi la richiama ha cura di darle scherzoso schermo di cosa di ieri.

Che la donna fosse colpevole della violenza di cui era diventata oggetto, e comunque provocatrice, è concetto che – si è visto – traluce nel compianto che il cronista devolve ad un certo punto al Polimanti. Ma traluce anche nell'arringa dell'avvocato Raimondo: che mondando la contessa di ogni colpa anche minima, alla fine le assegna la pena, da portare fino alla morte, di vedere « risorgere un'ombra per cui il *suo* sposo andrà fra la gente deriso » e con queste jettatorie parole la licenzia: « Questo è il fardello del peccato tuo, che porterai sugli omeri quando, dopo di aver vacillato, ti avvierai col capo tremante, come fossi caduta, alla pietosa ed infallibile giustizia di Dio! ». Senza dire – e cioè dicendo – di quella specie di lapsus e gaffe in cui ad un certo punto incorre evocando Lucrezia romana: che non aveva ucciso, ma si era uccisa: assolvendo al dovere di cedere e a quello, conseguente e imperioso, di condannarsene, di punirsene: mito da secoli proposto dall'uomo alla donna, forse il più maschilista che mai sia stato inventato. Mito e immagine di forte persistenza, tra le non molte nozioni di leggende e storie romane degli italiani: e come Lucrezia rappresenta la virtù, all'opposto le corrisponde Messalina a rappresentare il vizio. E come non si avvide l'avvocato Raimondo che l'immagine di Lucrezia, evocata per il caso della contessa Tiepolo, subito si sarebbe rovesciata in quella di Messalina? E infatti, nelle cronache: « È più vera Messalina, che si sazia col gladiatore e poi lo fa uccidere ».

L'avvocato Rossi, di parte civile (« oh amico Rossi », lo invoca arringando l'avvocato Raimondo: a convincerlo di quel che lui convinto non era), aveva un più facile compito: poteva liberamente dire quel che l'avvocato di difesa segretamente sentiva: poteva accusare, dileggiare, persino insultare. Insomma: quel che Montaigne aveva detto senza grettezza, e anzi con cordialità e leggerezza, come considerando che la cosa gli andasse bene per come credeva che andasse, e allietandosene: che le donne nell'amore e nel fare all'amore « non c'è parola o esempio o gesto che non sappiano meglio che nei nostri libri, dottrina che scorre nelle loro vene »: questo pensiero di Montaigne grettamente, tristemente, oscenamente tutti lo rielucubravano, nell'aula della Corte d'Assise di Oneglia. E non soltanto nell'aula. E non soltanto gli uomini. E chissà non si intridesse anche nei sentimenti – pentimento, rimorso, paura – dell'imputata. Sicché si può immaginare con qual consenso, maliziosamente ammiccante e sgomitante – l'ammiccare e il dar di gomito al vicino, a stabilire comune intesa, quando una malvagia allusione c'è da cogliere – fosse stata accolta, durante il dibattimento, la domanda che l'avvocato Rossi fece alla superiora delle suore della Misericordia di San Remo, nel cui convento la contessa era stata ospite tenendo un contegno che la superiora definiva « edificante », e per le suore e per lei superiora. L'avvocato aveva domandato: « Erano però esclusi gli uomini, dal convento: non è vero? ». E la superiora, con risentito candore: « Gli uomini non possono entrare nei conventi di suore ».

Il 1913 è l'anno del suffragio universale, del patto Gentiloni, della guerriglia in Libia (che, finita la guerra, più della guerra dà alla maggioranza degli italiani il senso del possesso coloniale, l'orgoglio del « teneo te, Africa » e del pareggiarsi alle nazioni europee di più vecchia, lunga e svelta mano in fatto di terre d'oltremare); ed è anche l'anno in cui il nazionalismo ha commozioni e sussulti che vanno in tutt'altra direzione della politica estera che il governo conduce. E c'è ancora una novità: entra in vigore « il testo definitivo del codice di procedura penale ». Attraverso le cronache del processo Tiepolo, gli italiani si fanno un'idea del nuovo che è stato introdotto nella « forma » del processo penale. Ma il codice penale resta quello del 1889: edificio cui nulla va mutato, per la paura che interamente crolli. E per non divagare dal caso Tiepolo: la premeditazione, che cos'è la premeditazione? Nulla di più e nulla di meno: la premeditazione è la premeditazione. Come tutti sanno che cos'è l'arte (spiritoso incipit dell'estetica di Croce), il codice penale suppone che tutti sappiano che cos'è la premeditazione: e i giudici poi sicuramente e perfettamente. Articolo 364: « Chiunque, a fine di uccidere, cagiona la morte di alcuno, è punito con la reclusione da diciotto a ventun anni »; ma l'articolo 366 aggiunge che si applica la pena dell'ergastolo in sei casi: e tra questi, al secondo posto, quando il delitto è stato commesso « con premeditazione ». Ed è tutto.

C'è un romanzo di Simenon – *Maigret hésite* – che si avvolge (mi pare, in questo caso, meglio che dire « si svolge ») intorno all'articolo 64 del codice penale francese che, magia dei numeri, in quello italiano è l'articolo 46. Curiosamente, è però più preciso quello del codice italiano: « Non è punibile colui che, nel momento in cui ha commesso il fatto, era in tale stato di infermità di mente da togliergli la coscienza o la libertà dei propri atti ». Quello del codice francese dice invece che « non esiste crimine né delitto quando l'imputato... ». Che voglion dire la stessissima cosa: ma c'è una bella differenza in quella che Manzoni chiamerebbe la dicitura. Ora la premeditazione è esattamente ed estremamente il contrario di quel che questi articoli definiscono: solo che non è per nulla definita; per cui, quasi sempre, e spesso con eccessiva larghezza, l'aggravante della premeditazione cade sull'imputato *che ha avuto il tempo di riflettere* sulla decisione di ammazzare il proprio simile. Il tempo, cioè, a che la passione si raffreddi al punto da consigliare la desistenza dal proposito omicida. E non raffreddandosi la passione (processo di raffreddamento cui peraltro non si può assegnare un tempo eguale per tutti), ne viene che fredda, premeditata, è stata la decisione di uccidere: non tenendo così conto che il tempo della riflessione, per lungo che sia, e anzi per quanto è più lungo, può accordarsi invece al crescere della passione, all'esaltazione, al delirio.

Nel caso della contessa Tiepolo, a rendere verosimile o addirittura certa la premeditazione, c'era, secondo l'accusa, oltre al tempo che aveva avuto per riflettere, il vantaggio che doveva aver calcolato di liberarsi da un rapporto che era diventato scomodo e vessatorio e, nell'imprevista e indesiderata gravidanza, minaccioso, gravido – è il caso di dire – di conseguenze insanabili per sé e per la famiglia. Ma il vantaggio cercato si era risolto – e non poteva non risolversi che così – nell'arresto, nel carcere, nel processo e, sopratutto, nel fatto che col Polimanti morto quasi tutta l'Italia credeva quel che pochissimi avrebbero creduto col Polimanti vivo: e cioè che lei ne fosse stata l'amante. Altro che calcolo, dunque: che si voglia o no credere alla relazione amorosa, la contessa uccise per passione e disperazione di amor proprio, superficiale o profondo che fosse, dedito alle apparenze o affermativo di libertà. Nulla sarebbe stato più ingiusto, dunque, del darle l'aggravante della premeditazione; ed egualmente ingiusto – ma comunque non troppo ingiusto – il riconoscerle la legittima difesa: almeno considerando il silenzio che aveva preceduto lo sparo, la distanza che escludeva il corpo a corpo, lo scatto della sicura, la mira precisa e intenzionata, più che a spaventare o a ferire, ad uccidere.

E in conclusione: a parte le associazioni criminali, dentro le quali i delitti maturano con la stessa premeditazione che dentro gli Stati le dichiarazioni di guerra o le violente repressioni, quasi tutti i delitti sentenziati come premeditati meriterebbero invece di essere contemplati dall'articolo 46. I delitti veramente premeditati sono quelli che non si commettono.

Alla giuria erano state poste undici questioni cui rispondere. La prima: « Sussiste il fatto che nel mattino del giorno 8 novembre 1913, in San Remo, corso Umberto numero 2, e precisamente nell'appartamento del capitano del 1° reggimento bersaglieri Oggioni Ferruccio e della sua famiglia, fu esploso contro l'attendente Polimanti Quintilio un colpo di rivoltella alla faccia il cui proiettile, penetrando in cavità, fu causa unica ed immediata della di lui morte? ». Incontrovertibile il fatto, superfluo (e si potrebbe anche dire cretino) il quesito: la risposta è « sì ». Seconda questione: « In caso di risposta affermativa (*come se ci fosse stata possibilità di una risposta contraria: ché sarebbe stato il caso di far venire ambulanza e camicia di forza per quei giurati che l'avessero votata*) alla precedente prima questione, l'imputata Maria Tiepolo Oggioni ha commesso il fatto di avere esploso quel colpo di rivoltella contro l'attendente Polimanti Quintilio, cagionandone immediatamente la morte? ». Come dubitarne, se l'aveva subito confessato? Terza questione: « Sussiste a favore dell'imputata Maria Tiepolo Oggioni che essa abbia commesso il fatto per esservi stata costretta dalla necessità di respingere da sé una violenza attuale e ingiusta? ». La risposta non è unanime: cinque « sì », quattro « no », un'astensione: ma è quel che basta per far cadere le altre otto questioni, per l'assoluzione.

La contessa viene immediatamente scarcerata. E appare improvvisamente, ad abbracciarla, il marito: si era tenuto nelle vicinanze ad attendere la sentenza, per decidere se ricomparire o restare « lontano »? Pirandello aveva già cominciato ad esplorare, si è detto, questa ignota regione dell'amor proprio (La Rochefoucauld aveva detto che ce n'erano ancora molte): che è il modo di reagire, dirà Savinio, alla cornificazione immaginata o effettuale: un delirio che nei siciliani particolarmente attinge a « un sentimento cosmico ». Ma tutto era già pirandelliano, nel caso Tiepolo. Le tante verità, il gioco dell'apparire contro l'essere.

La sentenza echeggiò in tutta Italia, più in disapprovazione che in consenso fu dovunque discussa. Ma prima che finisse il mese, l'arciduca Francesco Ferdinando e sua moglie cadevano a Sarajevo. Colpi di Browning anche questi: precisi quanto quello della contessa. E ai primi di luglio, il processo Tiepolo era come un lontano ricordo. Mentre gli eserciti si addensavano alle frontiere, pronti al grande massacro, qualcuno vi fece cenno: ma solo perché in Francia era stata assolta la signora Caillaux, che aveva ucciso Calmette, direttore del « Figaro »: ironicamente commentando che forse stava prendendo avvento la moda di assolvere le signore che uccidevano uomini, attendenti o direttori di giornali che fossero.

Il guaio del vivere e del morire degli uomini è che Dio c'è, ma se ne saprà, da morti, meno di quanto se ne sappia da vivi: poiché da vivi, come diceva Borges, almeno ne facciamo tema della migliore letteratura fantastica (e magari non sarà della migliore, ma la sto per un momento facendo). Non facciamo, da vivi, che pronunciare invano il nome di Dio. Da morti, forse non lo pronunceremo più. E crediamo, da vivi, che parole come « verità », « giustizia », « poesia », lo scavarle dentro di noi e nei fatti dei nostri simili, ce lo avvicinino: ma accostandoci alla morte andiamo scoprendo, per improvvisi e fuggevoli avvertimenti, che invece ce lo allontanano: quasi fossero di una cospirazione contro di Lui, parole d'ordine di un attentato continuamente e vanamente predisposto. L'essere è; il non essere non è. E se fossero la stessa cosa? Ma già la parola « cosa » rimbalza vuota nel vuoto, nulla nel nulla. Qualcosa corre nella nostra mente che non riusciamo a decifrare: e questa non è letteratura fantastica. Ma tutto il resto lo è. Continuiamo a farne, dunque: e Dio, che, appunto in un racconto di Borges, non distingue il teologo ortodosso dal teologo eretico – non per confusione, che sarebbe impossibile nella mente divina, ma perché nulla di umano può toccarla – si può credere non distingua l'uccisore dall'ucciso, il boia dalla vittima, il torturatore dal torturato, la gioia dal dolore. « Dov'è il boia, dov'è la vittima? »: già la domanda risuonava sotto il cielo degli dèi, in nome degli dèi gli uomini se la facevano. In un teatro: arrogantemente cercando, e inutilmente, di inquietare gli dèi.

Immaginiamo, dunque, un luogo in cui più non si pronunci il nome di Dio: un salotto vittoriano bene ordinato, mobili di caldo mogano, quadri con paesaggi e scene di caccia, statuette di biscuit e ninnoli d'argento; un salotto dove si fa svagata conversazione, senza mai una domanda che suoni indiscreta, una parola che suoni sconveniente. È l'aldilà, ma somiglia all'aldiqua del *Sorriso della Gio-*

conda, racconto di Aldous Huxley che non gratuitamente ho già ricordato. Un racconto che si potrebbe dire poliziesco: solo che non vi è pronunciato il nome di Dio, che di solito ogni racconto poliziesco pronuncia involgendolo nella parola « giustizia ». Storia semplice: una donna crede di essere amata dal marito di una sua amica, ma ignora che l'uomo ha già una giovane amante, da cui aspetta un figlio; la moglie, malaticcia, un giorno che ha invitato a pranzo l'amica – la signorina Janet Spence – ecco che appena finito il pranzo si sente male, si mette a letto, muore subito dopo: avvelenamento da arsenico, e ne è accusato e condannato il marito. Lo impiccano. Ma un giorno, nel salotto della signorina Spence, il dottor Libbard, che era stato medico della signora e lo era della signorina, come parlasse del clima o del giardino, leggermente, svagatamente, dice: « Credo proprio che sia stata lei ad assassinare la signora ». « Sì » risponde la signorina Spence. E il dottore: « Col caffè, suppongo ». « Parve che lei assentisse, distratta. Il dottor Libbard prese di tasca la stilografica e le scrisse, con la sua calligrafia linda e meticolosa, una ricetta per una pozione sonnifera ».

E s'intenda come una estravaganza, questa che sto immaginando: che in quel luogo in cui più non si pronuncia il nome di Dio, mentre si fanno compagnia a parlare di tutt'altre cose, lontane e serene, un dottor Libbard (che potrebbe essere, meglio dell'avvocato onorevole Raimondo, il professor Conti), improvvisamente e svagatamente, dica: « Una cosa allora non ho capito: quella valigia aperta sul letto, e che lei dicesse che stava preparandola per andarsene »; e che la contessa, come la signorina Spence, distrattamente risponda: « Per non allarmarlo, era il miglior pretesto per aprire il cassetto del canterano e tirar fuori la rivoltella ».

NOTE

L'anno scorso ho scritto e pubblicato un breve racconto (come chiamarlo?) che era, deliberatamente, un omaggio a Manzoni: dimesso – dicevo – nel clamore delle celebrazioni per il secondo centenario della nascita. Quest'anno mi è avvenuto di scriverne un altro, ugualmente breve, che può essere considerato un omaggio a Pirandello, ricorrendo il cinquantenario della morte: ma questa volta non deliberatamente, non fin dal principio pensandoci. E, finito di scriverlo, mi chiedo qual *trait d'union* c'è per me tra questi due scrittori quasi egualmente amati. Ma ci vorrebbero pagine e pagine a trovare una risposta, come oggi si usa dire, esaustiva. La breve risposta cui arrivo qui ed ora è che il *trait d'union* è forse Pascal; un Pascal da Manzoni e da Pirandello diversamente letto e con diversissimi esiti. Le ragioni del cuore che la ragione vuol trascegliere e annettersi, per Manzoni; le stesse ragioni che sfuggono alla ragione e si fondono allo spavento cosmico, per Pirandello.

Ma, cominciando a scriverlo, non pensavo a Pirandello. Pensavo, piuttosto, ad una divagante passeggiata nel tempo, in un breve tratto di tempo della cronaca italiana: e perciò ho messo come epigrafe i due primi e i due ultimi versi della poesia di Palazzeschi che appunto s'intitola *La passeggiata.* Ma poi nel racconto (ancora: come chiamarlo?) sono entrate altre cose: e specialmente il Pirandello che andavo rivisitando.

Come sempre – e sempre più avanzando (e cioè indietreggiando) negli anni – ho cercato la concisione. Vecchia aspirazione che tengo, come codificata, nella trascrizione ormai *in pectore* di quella parte delle voci «succinto, preciso, conciso» che nel *Dizionario dei sinonimi* del vecchio, inarrivabile Tommaseo più espressamente riguarda l'arte dello scrivere (e mi par giusto ricrearne il lettore): «Non può essere scrittore conciso chi non è preciso, perché non avendo cognizione esatta delle cose, errerà sempre nella proprietà delle voci, dalla qual viene la brevità e la chiarezza, quel bello stile, al quale, senza che perda di pregio, nulla può essere aggiunto né tolto. L'Alfieri è scrittore conciso ma non preciso; perch'egli non si accorse che la brevità o lunghezza degli scritti non dee misurarsi dal numero delle parole, ma dal tempo necessario a comprenderle; ed essere falsa quella brevità che sta solamente sulle carte... L'Alfieri, nella ricercata concisione, è spesso più lungo del Metastasio; ha epiteti meno necessarii, per volerli avere più calzanti e incalzanti. Ma non direi che il Metastasio sia conciso. Né l'uno né l'altro son parchi; e la parsimonia è pregio che abbraccia le parole e le cose, e le idee e i sentimenti; e più desiderabile perché più direttamente si reca a moralità». L'ho cercata, la concisione: che poi l'abbia trovata, è altro discorso; e che a me non spetta.

Già sufficientemente gremito di citazioni, richiami e allusioni, non ho voluto gravare questo testo (un modo per non chiamarlo racconto) di rimandi a note esplicative e bibliografiche: a che la lettura scorresse senza gli inceppi, per l'occhio e per la mente, di quei numeretti o altri segni che si trovano nei libri diciamo di scienza: necessità cui gli autori assolvono, è da credere, con delizia; ma non molto deliziando i lettori, quando a grandine numeri e segni cadono sulla pagina. Ho pensato dunque di relegare qui, senza alcun segno o numero che le colleghi al testo, le poche note che possono interessare il lettore.

Uno dei 50 esemplari dell'edizione su *papier de Hollande* del *Martyre de Saint Sébastien* di D'Annunzio, ora tra i miei libri, reca questa dedica autografa: « à Fernand Charles Ecot. "Chaque flèche est pour le salut." Gabriele d'Annunzio. 7 juin 1912 + 1 ». Dentro il libro è un biglietto d'invito per la « répétition générale » del *Martyre*: segno che Écot, nella Parigi di allora, per qualcosa contava (ma io non sono riuscito a saperne).

Le battute tra Renard e Blum si trovano esattamente alla data 21 gennaio 1905: nel *Journal* di Renard, ovviamente.

Il manifesto di Marinetti contro il tango e *Parsifal*, foglio volante, porta la data dell'11 gennaio 1914. Ma affinché non mi si accusi di immotivata intolleranza nei riguardi di Marinetti e del futurismo, eccolo nella sua amena integrità:

Un anno fa, io rispondevo ad una inchiesta del « Gil Blas » denunciando i veleni rammollenti del tango. Questo dondolìo epidemico si diffonde a poco a poco nel mondo intero, e minaccia di imputridire tutte le razze, gelatinizzandole. Perciò noi ci vediamo ancora una volta costretti a scagliarci contro l'imbecillità della moda e a sviare la corrente pecorile dello snobismo.

Monotonia di ànche romantiche, fra il lampeggìo delle occhiate e dei pugnali spagnuoli di De Musset, Hugo e Gautier. Industrializzazione di Baudelaire, *Fleurs du mal* ondeggianti nelle taverne di Jean Lorrain, per *voyeurs* impotenti alla Huysmans e per invertiti alla Oscar Wilde. Ultimi sforzi maniaci di un romanticismo sentimentale decadente e paralitico verso la Donna Fatale di cartapesta.

Goffaggine dei tango inglesi e tedeschi, desideri e spasimi meccanizzati da ossa e da fracs che non possono esternare la loro sensibilità. Plagio dei tango parigini e italiani, coppie-molluschi, felinità selvaggia della razza argentina stupidamente addomesticata, morfinizzata e incipriata.

Possedere una donna, non è strofinarsi contro di essa, ma penetrarla.

– Barbaro!

Un ginocchio fra le coscie? Eh via! ce ne vogliono due!

– Barbaro!

Ebbene, sì, siamo barbari! Abbasso il tango e i suoi cadenzati deliqui. Vi pare dunque molto divertente guardarvi l'un l'altro nella bocca e curarvi i denti estaticamente l'un l'altro, come due dentisti allucinati? Strappare?... Piombare?... Vi pare dunque molto divertente inarcarvi disperatamente l'uno sull'altro, per sbottigliarvi a vicenda lo spasimo, senza mai riuscirvi?... o fissare la punta delle vostre scarpe, come calzolai ipnotizzati?... Anima mia, porti proprio il numero 35?... Come sei ben calzata, mio sooogno!... Anche tuuuu!...

Tristano e Isotta che ritardano il loro spasimo per eccitare re Marco. Contagocce dell'amore. Miniatura delle angoscie sessuali. Zucchero filato del desiderio. Lussuria all'aria aperta. Delirium tremens. Mani e piedi d'alcoolizzati. Mimica del coito per cinematografo. Valzer masturbato. Pouah! Abbasso le diplomazie della pelle! Viva la brutalità di una possessione violenta e la bella furia di una danza muscolare esaltante e fortificante.

Tango, rullio e beccheggio di velieri che hanno gettata l'ancora negli altifondi del cretinismo. Tango, rullio e beccheggio di velieri inzuppati di tenerezza e stupidità lunare. Tango, tango, beccheggio da far vomitare. Tango, lenti e pazienti funerali del sesso morto! Oh! non si tratta certo di religione, di morale, né di pudore! Queste tre parole non hanno senso, per noi! Noi gridiamo *Abbasso il tango!* in nome della Salute, della Forza, della Volontà e della Virilità.

Se il tango è male, *Parsifal* è peggio, poiché inocula nei danzatori barcollanti di noia e di languore una incurabile nevrastenia musicale.

Come eviteremo *Parsifal,* coi suoi acquazzoni, le sue pozzanghere e le sue inondazioni di lagrime mistiche? *Parsifal* è la svalutazione sistematica della vita! Fabbrica cooperativa di tristezza e di disperazioni. Stiramenti poco melodiosi di stomachi deboli. Cattiva digestione e alito pesante delle vergini quarantenni. Piagnistei di vecchi preti adiposi e costipati. Vendita all'ingrosso e al minuto di rimorsi e di viltà eleganti per snobs. Insufficienza del sangue, debolezza di reni, isterismo, anemia e clorosi. Genuflessione, abbrutimento e schiacciamento dell'Uomo. Strisciare ridicolo di note vinte e ferite. Russare d'organi ubbriachi e sdraiati nel vomito dei leit-motivs amari. Lagrime e perle false di Maria Maddalena in décolleté, da Maxim. Purulenza polifonica della piaga di Amfortas. Sonnolenza piagnucolosa dei Cavalieri del Graal. Satanismo ridicolo di Kundry... Passatismo! Passatismo!... Basta!

Re e Regine dello snobismo, sappiate che dovete un'obbedienza assoluta a noi, ai Futuristi, novatori vivi! Lasciate dunque alla foia bestiale del pubblico il cadavere di Wagner, novatore di cinquant'anni fa, la cui opera ormai sorpassata da Debussy, da Strauss e dal nostro grande futurista Pratella, non significa più nulla! Voi ci avete aiutati a difenderlo quando ne aveva bisogno. Noi v'insegneremo ad amare e a difendere qualcosa di vivo, o cari schiavi e pecore dello snobismo.

D'altronde, voi dimenticate *quest'ultimo argomento, l'unico persuasivo per voi*: amare oggi Wagner e *Parsifal*, che si rappresenta dappertutto e specialmente in provincia... dare oggi dei thè-tango come tutti i buoni borghesi di tutto il mondo, suvvia, NON È PIUUÙ CHIC!

Il racconto di Huxley *Il sorriso della Gioconda* nel volume omonimo di edizione Mondadori, traduzione di Luigi Barzini jr. ed Emilio Ceretti (1933).

Sugli errori di stampa nell'*Ulisse* di Joyce, si veda « Il Corriere della Sera » del 17 giugno 1986.

Il pittore Julio Romero de Torres ha per sé tutto un museo, a Cordova dove nacque nel 1874 e morì nel 1930. Una visita al Museo de Torres riserva incantevoli momenti, in una città che di incanti ne ha molti.

Il dramma *La signora senza pace* (non *La donna senza pace*, come risulta invece dal processo) è di Regina Winnge: scrittrice che evidentemente oggi gode la pace dell'oblio.

Il processo a Maria Tarnowska, complice di Nicola Maumoy nell'assassinio del conte Paolo Kamarowsky, si era svolto a Venezia dal 4 al 20 maggio del 1910. Caso piuttosto torbido, che appassionò gli italiani. Alla difesa erano Arturo Vecchini e il giovane Francesco Carnelutti. Annie Vivanti ne trasse ispirazione per il romanzo *Circe*.

L'arringa dell'avvocato Raimondo fu pubblicata allora, più largamente delle altre del processo Tiepolo, da tutti i giornali; e dieci anni fa è stata antologizzata in un volume-strenna della casa editrice Giuffrè intitolato *La parola alla difesa*: uno dei quattro esempi dell'oratoria degli « avvocati di una volta ». Le altre tre arringhe sono di Enrico Ferri, Enrico Pessina e Genunzio Bentini. Il volume si adorna dei disegni di Mino Maccari: che proprio ci volevano.

La signora Caillaux, ex moglie del ministro Joseph Caillaux, uccise nel 1914 Gaston Calmette, che del « Figaro » aveva fatto l'organo del nazionalismo francese, e patriotticamente aveva accusato il ministro di corruzione: ma la signora disse di avere ucciso Calmette perché offesa dalla pubblicazione di una sua privatissima lettera. Motivi d'onore, dunque.

Che l'esistenza di Dio s'appartenga alla migliore letteratura fantastica, Borges l'ha detto in più d'una intervista. Il racconto cui poi mi riferisco, *I teologi*, si trova in *Altre inquisizioni*, ora nelle opere complete pubblicate da Mondadori.

FINITO DI STAMPARE NEL DICEMBRE 1989 IN AZZATE
DAL CONSORZIO ARTIGIANO « L.V.G. »

Printed in Italy

FABULA

VOLUMI PUBBLICATI:

1. Milan Kundera, *L'insostenibile leggerezza dell'essere* (20ª ediz.)
2. Ingeborg Bachmann, *Il trentesimo anno* (5ª ediz.)
3. Guido Morselli, *Dissipatio H.G.* (6ª ediz.)
4. Thomas Bernhard, *Il soccombente* (3ª ediz.)
5. Bruce Chatwin, *Sulla collina nera*
6. Milan Kundera, *Lo scherzo* (9ª ediz.)
7. Aldo Busi, *Seminario sulla gioventù* (4ª ediz.)
8. Ingeborg Bachmann, *Tre sentieri per il lago* (5ª ediz.)
9. Anna Maria Ortese, *L'Iguana* (3ª ediz.)
10. Danilo Kiš, *Giardino, cenere*
11. Guido Morselli, *Roma senza papa* (6ª ediz.)
12. Leonardo Sciascia, *1912 + 1* (4ª ediz.)
13. Ingeborg Bachmann, *Malina* (4ª ediz.)
14. Milan Kundera, *La vita è altrove* (6ª ediz.)
15. Guido Morselli, *Contro-passato prossimo* (3ª ediz.)
16. Clarice Lispector, *Vicino al cuore selvaggio* (2ª ediz.)
17. Vasilij Grossman, *Tutto scorre...*
18. Leonardo Sciascia, *Porte aperte* (5ª ediz.)
19. Anna Maria Ortese, *In sonno e in veglia*
20. Giampaolo Rugarli, *La troga* (2ª ediz.)
21. Thomas Bernhard, *Perturbamento* (2ª ediz.)
22. Danilo Kiš, *Enciclopedia dei morti*
23. Robert M. Pirsig, *Lo Zen e l'arte della manutenzione della motocicletta* (10ª ediz.)
24. Leonardo Sciascia, *A ciascuno il suo* (3ª ediz.)
25. Milan Kundera, *Amori ridicoli* (3ª ediz.)
26. Ingeborg Bachmann, *Il caso Franza*
27. Andrzej Szczypiorski, *La bella signora Seidenman*
28. Leonardo Sciascia, *Il cavaliere e la morte* (2ª ediz.)
29. Thomas Bernhard, *Il respiro*
30. Milan Kundera, *Il valzer degli addii* (2ª ediz.)
31. Ruve Masada, *Il principio della piramide*
32. Leonardo Sciascia, *Il Consiglio d'Egitto* (3ª ediz.)
33. Fleur Jaeggy, *I beati anni del castigo* (2ª ediz.)
34. J. Rodolfo Wilcock, *Lo stereoscopio dei solitari*
35. Bruce Chatwin, *Utz*
36. Guido Morselli, *Divertimento 1889* (5ª ediz.)
37. Thomas Bernhard, *Il nipote di Wittgenstein*